iman seorang
ISMA'IL

Adan Ibn Isma'il

Judul Asli:
The Belief of Isma'il
© 2003, 2009, 2024 by Adan Ibn Isma'il, USA.
(self-published)

Situs Web: AdanIsmail.com
Instagram: instagram.com/adanibnismail
X.com:
facebook.com/profile.php?id=61551699076512

Judul Terjemahan:
Iman Seorang Isma'il
Pengalih Bahasa: Muhammad Taufiq
Penyunting: Adrianita
Perancang Sampul: Gilang Gemilang
Pewajahan Buku: Sari Badudu

Cetakan ke-1, Februari 2010 Hak terjemahan
Indonesia ada pada: Adan Ibn Isma'il
Kutipan ayat-ayat Al-Qur'an diambil dari Yayasan
Al-Qur'an dan Terjemahannya © Yayasan
Penyelenggara Penterjemah/ Pentafsir Al-Qur'an,
1971.

Pengantar Penerbit

Penjelajahan alam pikir untuk menemukan suatu jawaban atas pertanyaan-pertanyaan selalu menarik. Apalagi pertanyaan-pertanyaan yang pada galibnya bukan rasional melulu, melainkan pertanyaan batiniah.

Dalam ranah keagamaaan, ada agama-agama yang memiliki sejumlah kesamaan. Sebutlah Islam dan Nasrani. Ada kitab-kitab yang diakui keduanya sebagai Kitab Suci, misalnya Taurat, Zabur, dan Injil. Sejumlah tokoh juga diakui kedua agama sebagai nabi. Misalnya Nabi Ibrahim, Nabi Musa, Nabi Daud, Nabi Sulaiman, Nabi Yahya, dan Nabi Isa. Juga sejumlah kisah ilahi, dikenal baik dalam kedua agama. Misalnya, Kisah Nabi Adam dan Siti Hawa, Nabi Musa dan bani Israil di tanah Mesir, atau pun Kisah Nabi Daud dan Jalut.

Sekalipun demikian, tentu saja ada sejumlah perbedaan di antara kedua agama. Kenyataan ini sangat mungkin menimbulkan sejumlah pertanyaan di kalangan umat yang menyadari adanya kesamaan dan juga perbedaan, selain sikap dan tanggapan yang beragam pula.

Kisah dalam buku ini merupakan gambar contoh yang jelas.

Sebagai kalangan biasa, dua orang sahabat melakukan serangkaian percakapan mengenai sejumlah pikiran. Percakapan yang terkesan kuat terjadi secara leluasa. Bebas dari prasangka, dan dalam semangat keterbukaan untuk mencari, disertai penghargaan terhadap pikiran-pikiran yang berbeda. Mengalirlah pemikiran-pemikiran tajam, di antaranya mungkin memberi kesan radikal bagi salah satu dari mereka. Sungguh suatu kebebasan berpikir dan berpendapat yang nyata. Percakapan ini telah terjadi di antara mereka, sebagai sahabat. Bisakah percakapan-percakapan semacam ini menjadi keseharian negeri ini yang gemar hiruk-pikuk debat kusir di ruang publik? Nian gaduh. Semoga masih ada harapan kebajikan bagi republik yang bukan mimpi ini.

Penerbit

Ucapan Terima Kasih

Puji dan syukur saya panjatkan bagi Allah SWT,

Tuhan semesta alam, atas Ni'mat, Rahmat, dan Karunia-Nya yang melimpah bagi segenap umat manusia.

Juga saya ingin mengucapkan terima kasih saya yang sebesar-besarnya kepada semua sahabat saya atas bantuan do'a yang sudah mereka berikan semasa saya menulis, mengedit, dan mengulas buku ini.

Saya berdo'a semoga Allah SWT melimpahkan berkah-Nya kepada kita semua.

Walbillahit taufiq wal hidayah

بِسْمِ اللهِ الرَّحْمَنِ الرَّحِيمِ

Bismillahir rahmaanir raahiim

Dengan nama Allah Yang Maha Pengasih lagi Maha
Penyayang

اهدِنَــا الصِّرَاط المُستَقِيم

Ihdinash shiraatal mustaqiim

Tunjukilah kami Jalan Yang Lurus

Daftar Isi

Percakapan Satu
Masalah

Nama saya Isma'il. Saya seorang Muslim, lahir di tengah-tengah keluarga besar Muslim dan tinggal di sebuah negara Islam yang tidak berbahasa Arab. Saya bekerja sebagai seorang guru dan pekerjaan ini telah saya tekuni bertahun-tahun.

Saya mempunyai seorang sahabat, namanya Abdullah. Kami tinggal di desa yang sama, dan sejak kecil kami bersahabat karib. Kami tumbuh, bermain, dan berangkat ke sekolah bersama-sama. Bahkan ketika beranjak dewasa, kami kerap pergi berlibur bersama. Karena sudah lama bersahabat dekat, kami berdua bisa membicarakan apa saja dalam kehidupan kami, juga harapan dan keinginan kami. Saya senang berbicara tentang hal-hal yang berhubungan dengan keimanan atau hal-hal yang sifatnya ruhaniah.

Dalam buku ini, saya mengetengahkan beberapa percakapan khas yang kerap saya obrolkan dengan sahabat saya, Abdullah, di antara percakapan-percakapan kami yang lainnya.

Isma'il:
Assalamu'alaikum, Abdullah!

Abdullah:
Wa'alaikum salam, Isma'il. Apa kabar?

Isma'il:
Alhamdulillah, aku baik-baik saja. Kamu sendiri bagaimana?

Abdullah:
Aku juga baik saja, hanya sekarang aku lagi banyak masalah. Mengapa aku seperti selalu punya banyak masalah ya, dan sering aku tak tahu bagaimana menyelesaikannya.

Isma'il:
Yaah… itulah hidup. Tapi, kenapa tidak kamu ceritakan saja masalahmu kepadaku? Siapa tahu aku bisa menolongmu.

Abdullah:
Terima kasih! Kamu tahukah? Kalau kulihat kehidupanmu, kamu kelihatannya selalu bahagia dan tak punya masalah-masalah seperti aku. Kenapa bisa begitu, ya?

Isma'il:
Ah, Abdullah… pastilah aku punya masalah, tapi aku selalu minta agar Allah menolongku…

Abdullah:
Hmm… setiap kali kita bicara seperti ini kamu selalu menyebut-nyebut Allah… Wah, kamu itu memang sungguh agamis, Isma'il.

Isma'il:
Ah, tidak begitu, Abdullah... Aku bukan agamis,
tapi aku mempercayakan semuanya kepada Allah.

Abdullah:
Oh ya? Bisa begitu, ya?

Isma'il:
Aku mulai mendalami tentang Allah dengan
mempelajari Al-Qur'an. Dari situ aku belajar
bagaimana menjalani hidup dengan meneladani
kisah-kisah hidup para nabi utusan Allah.

Abdullah:
Maksudmu Nabi Muhammad SAW, bukan?

Isma'il:
Tentu saja Nabi Muhammad Sholallohu Alaihi
Wassallam.

Tapi, kita juga harus belajar dari kisah hidup
nabi-nabi yang lain. Tidakkah kamu ingat bahwa
kitab suci kita Al-Qur'an mengharuskan kita
beriman kepada dua puluh empat nabi Allah selain
Nabi Muhammad?

Abdullah:
Ya, itu betul... dan kita harus beriman kepada Allah
Subhaanahu Wa Ta'ala, malaikat-malaikat Allah,
kitab-kitab suci Allah, rasul-rasul Allah, Hari
Kiamat...

Isma'il:
Betul! Seperti yang dikatakan di dalam kitab suci
Al-Qur'an,

"Bukanlah menghadapkan wajahmu ke arah timur
dan barat itu suatu kebajikan, akan tetapi
sesungguhnya kebajikan itu ialah beriman kepada

Allah, hari kemudian, malaikat-malaikat,
kitab-kitab, nabi-nabi; ..." (Al-Qur'an 2:177)

Abdullah:
Begitulah, kamu selalu tahu ayat-ayat Al-Qur'an.

Isma'il:
Sebagai seorang Muslim, kita tidak boleh
menghafal Al-Qur'an saja, tapi juga harus
mempelajarinya. Aku memang kurang menguasai
bahasa Arab, tapi aku tidak menyerah. Aku terus
mempelajari Al-Qur'an. Yaah...
sekurang-kurangnya aku bisa membaca Al-Qur'an
terjemahan. Dari dalamnya aku mendapat banyak
berkah, jadi aku tidak harus khawatir tentang apa
pun.

Abdullah: Begitu, ya? Tapi …

Isma'il:
Tapi apa, Abdullah?

Abdullah:
Isma'il, sebenarnya ada sesuatu yang aku
khawatirkan. Aku khawatir apa yang akan terjadi
denganku ketika mati nanti.

Isma'il:
Maksudmu, apa yang akan terjadi denganmu pada Hari Kiamat nanti?

Abdullah:
Ya, betul.

Isma'il:
Mengapa kamu khawatir?

Abdullah:
Isma'il, kamu sudah mengenalku sejak lama dan tentu kamu tahu bahwa aku selalu berusaha menaati semua perintah agama. Aku menjalankan shalat lima waktu, berpuasa di bulan suci Ramadhan, dan membayar zakat serta bersedekah kepada orang-orang miskin. Orang-orang melihatku sebagai seorang Muslim yang cukup baik.

Isma'il:
Ya, aku tahu, Abdullah. Bagus 'kan kalau begitu? Lalu, apa masalahnya sekarang?

Abdullah:
Masalahnya walaupun aku menaati semua perintah agama, rasanya ada sesuatu yang masih kurang atau hilang.

Isma'il:
Kira-kira apa yang kurang atau hilang itu, Abdullah?

Abdullah:
Entahlah, hatiku sering gelisah. Kalau aku mati nanti, aku tak yakin apakah aku masuk surga ataukah neraka. Karena itulah aku takut mati.

Isma'il:
Oh, begitu… Mungkin kamu belum menemukan "Jalan Yang Lurus" ya? Apakah kamu tahu "Jalan Yang Lurus" itu?

Abdullah:
Jalan yang lurus? Apakah itu?

Isma'il:
Tadi kamu katakan bahwa kamu takut mati karena kamu tidak tahu ke mana kamu akan pergi setelah mati, dan tidak tahu apa yang akan terjadi denganmu pada Hari Kiamat. Aku punya cerita. Mau dengar?

Abdullah:
Oh, tentu.

Isma'il:
Kalau kita tahu Jalan Yang Lurus… maka kita tidak harus khawatir tentang kehidupan kita di masa depan.

Abdullah:
Apakah maksudmu?

Isma'il:
Dalam sehari kita menjalankan shalat lima waktu dan membaca Surah Al-Fatihah setiap kita shalat, 'kan? Pada ayat ke-6 surah itu dikatakan,

"Tunjukilah kami Jalan Yang Lurus" (Al-Qur'an 1:6).

Nah, sekarang berapa kali dalam satu hari kita meminta supaya Allah menunjukkan kepada kita "Jalan Yang Lurus"?

Abdullah:
Dua kali dalam shalat Subuh, empat kali dalam shalat Dhuhur, empat kali dalam shalat Ashar, tiga kali dalam shalat Maghrib, dan empat kali dalam shalat Isya'. Jadi, seluruhnya tujuh belas kali sehari.

Isma'il:
Betul, Abdullah. Jadi, dalam sehari, tujuh belas kali banyaknya kita meminta agar Allah menunjukkan kepada kita "Jalan Yang Lurus". Lalu, tahukah kamu apa "Jalan Yang Lurus" itu? Dalam Al-Qur'an, ada ayat yang bunyinya begini,

"Dan sesungguhnya Isa itu benar-benar memberikan pengetahuan tentang hari kiamat. Karena itu janganlah kamu ragu-ragu tentang kiamat

itu dan ikutilah Aku. Inilah jalan yang lurus. ... Dan tatkala Isa datang membawa keterangan dia berkata: 'Sesungguhnya aku datang kepadamu dengan membawa hikmat dan untuk menjelaskan

kepadamu sebagian dari apa yang kamu berselisih
tentangnya, maka bertakwalah kepada Allah dan
taatlah (kepada) ku. Sesungguhnya Allah Dialah
Tuhanku dan Tuhan kamu, maka sembahlah Dia, ini
adalah jalan yang lurus.'" (Al-Qur'an 43:61,
63-64).

Abdullah:
Oh, aku tak ingat ayat itu...

Isma'il:
Itu Allah yang berfirman lho, Abdullah. Jalan Yang
Lurus di situ bukan hanya merujuk pada perintah
untuk menyembah dan mengagungkan Allah, tetapi
kata-kata "taatlah (kepada) ku" juga mempunyai arti
bahwa kita harus mengikuti atau taat kepada Isa
al-Masih. Inilah yang disebut Jalan Yang Lurus itu.

Abdullah:
Hah, mengikuti atau taat kepada Isa al-Masih? Tapi,
Isma'il... Isa al-Masih bukankah hanya untuk orang
Nasrani?

Isma'il:
Tentu saja tidak begitu, Abdullah! Isa al-Masih
bukan hanya bagi orang Nasrani. Isa juga diutus
Allah kepada kaum Muslimin. Jadi, Isa juga
sebetulnya seorang Muslim!

Abdullah:
Ah, yang benar saja! Kamu serius?

Isma'il:
Aku serius, Abdullah. Wah, pasti kamu tidak tahu apa arti Muslim. Menurutmu, apa artinya Islam, Abdullah?

Abdullah:
Islam adalah suatu agama dan seorang Muslim adalah seseorang yang menjalankan ajaran agama Islam. Begitu, bukan?

Isma'il:
Abdullah, makna Islam dan Muslim lebih dalam daripada apa yang kamu sebutkan tadi. Islam dan Muslim mempunyai arti berserah diri kepada Allah. Berdasarkan Al-Qur'an, aku percaya bahwa Isa al-Masih adalah seseorang yang menyerahkan dirinya kepada Allah. Isa sendiri menyebut dirinya hamba Allah, *"Sesungguhnya aku ini hamba Allah ..."4 (Al-Qur'an 19:30).*

Abdullah:
Baiklah, tapi tak selalu seseorang menjadi hamba karena keinginannya, dan juga tak selalu seorang hamba mau melakukan semua yang diperintahkan tuannya.

Isma'il:
Itu betul, tapi dalam Al-Qur'an juga dikatakan,

"Al Masih sekali-kali tidak enggan menjadi hamba bagi Allah dan tidak (pula enggan) malaikat-malaikat yang terdekat (kepada Allah). Barang siapa yang enggan dari menyembah-Nya dan menyombongkan diri, nanti

Allah akan mengumpulkan mereka semua kepada-Nya." (Al-Qur'an 4:172).

Coba bandingkan sikap Isa al-Masih dengan sikap orang-orang yang tidak mau berserah diri kepada Allah. Sikapnya berbeda, dan merupakan contoh suatu bentuk penyerahan diri. Beliau rela menjadi hamba Allah. Beliau tidak menganggap bahwa berserah diri kepada Allah merendahkan martabatnya. Aku juga percaya bahwa Isa al-Masih merupakan seorang pribadi yang telah menyerahkan dirinya kepada Allah. Aku berkata begini karena pengikut Isa sendiri disebut orang Muslim (kami adalah orang-orang yang berserah diri kepada Allah). Dalam Al-Qur'an ada suatu ayat yang berbunyi,

"Maka tatkala Isa mengetahui keingkaran mereka (Bani Israel) berkatalah dia: 'Siapakah yang akan menjadi penolong-penolongku untuk (menegakkan agama) Allah?' Para hawariyyin (sahabat-sahabat setia) menjawab: 'Kami lah penolong-penolong (agama Allah). Kami beriman kepada Allah; dan saksikanlah bahwa sesungguhnya kami adalah orangorang yang berserah diri.'" (Al-Qur'an 3:52).

Abdullah:
Kalau begitu, orang Muslim juga boleh percaya kepada Isa al-Masih?

Isma'il:
Tentu saja boleh, Abdullah. Tahukah kamu, siapa orang Muslim pertama yang diharuskan percaya

kepada Isa al-Masih setelah Al-Qur'an diwahyukan?

Abdullah:
Kamu?

Isma'il:
Bukan aku, Abdullah. Orang Muslim pertama yang diwajibkan untuk percaya kepada Isa al-Masih setelah Al-Qur'an diwahyukan adalah Nabi Muhammad Shollallahu 'Alaihi Wassallam! Beliau menceritakan tentang Isa al-Masih dalam lebih dari sembilan puluh ayat Al-Qur'an.

Abdullah:
Mengapa Nabi Muhammad begitu banyak menceritakan Isa al-Masih kepada kita?

Isma'il:
Karena Nabi Muhammad diutus sebagai pemberi peringatan. Beliau memberikan peringatan kepada kita tentang siksa neraka untuk orang-orang yang berbuat dosa dan membawakan berita tentang kasih sayang Allah untuk kita.

Abdullah:
Hmm... Kupikir Allah mungkin memang menyayangi sebagian umat-Nya, tapi aku tak yakin kalau aku cukup layak untuk disayangi Allah. Aku jauh dari sempurna. Ah, aku sedang berusaha menjadi orang yang sempurna, Isma'il.

Isma'il:
Tapi Abdullah, kita tidak pernah mampu membuat diri kita sempurna. Aku pun tidak sempurna. Hanya Allah yang dapat membuat kita menjadi sempurna. Hal ini aku pelajari dari Al-Qur'an. Ada suatu ayat yang berbunyi,

"Hai orang-orang yang beriman, janganlah kamu mengikuti langkah-langkah setan. Barang siapa yang mengikuti langkah-langkah setan, maka sesungguhnya setan itu menyuruh mengerjakan perbuatan yang keji dan yang mungkar. Sekiranya tidaklah karena karunia Allah dan rahmat-Nya kepada kamu sekalian, niscaya tidak seorang pun dari kamu bersih (dari perbuatan-perbuatan keji dan mungkar itu) selama-lamanya, tetapi Allah membersihkan siapa yang dikehendaki-Nya. Dan Allah Maha Mendengar lagi Maha Mengetahui." (Al-Qur'an 24:21).

Abdullah:
Jujur saja, aku harus mengakui bahwa aku kadang-kadang berbuat dosa, tapi sebaliknya aku juga melakukan banyak amal baik. Jadi, ketika aku mati nanti, kalau aku dapat menunjukkan kepada Allah bahwa aku telah berbuat banyak amal sholeh dan hanya sedikit dosa saja, mudah-mudahan Allah akan memberi rahmat dan pengampunan-Nya kepadaku serta menjadikanku sempurna.

Isma'il:
Abdullah, temanku… Allah itu Mahasuci.

"Dia-lah Allah Yang tiada Tuhan (yang berhak disembah) selain Dia, Raja, Yang Maha Suci, Yang Maha Sejahtera, Yang Mengaruniakan keamanan, Yang Maha Memelihara, Yang Maha Perkasa, Yang Maha Kuasa, Yang Memiliki segala keagungan. Maha Suci, Allah dari apa yang mereka persekutukan." (Al-Qur'an 59:23).

Abdullah:
Kalau begitu, apakah Allah tak sudi menerimaku?

Isma'il:
Allah akan menerimamu tapi hanya kalau kamu benar-benar suci! Seperti yang dikatakan di ayat tadi,

"Sekiranya tidaklah karena karunia Allah dan rahmat-Nya kepada kamu sekalian, niscaya tidak seorang pun dari kamu bersih" (Al-Qur'an 24:21).
Abdullah, seperti yang aku katakan tadi, Allah itu Mahasuci, sehingga kita hanya bisa diterima oleh-Nya apabila kita benar-benar suci. Menurutmu adakah orang yang benar-benar suci?

Abdullah: Mungkin saja ada...

Isma'il:
Menurutku tidak mungkin ada, Abdullah. Aku akan berikan gambaran ya supaya kamu mengerti maksudku. Kalau kamu ke rumahku, aku selalu menyuguhimu segelas air yang bersih dan segar. Kamu tahu 'kan bahwa air yang kusuguhkan itu sangat bersih karena kamu sendiri melihat aku

merebusnya. Waktu kamu meminumnya, kamu tidak meragukan kebersihannya, bukan?

Abdullah:
Tentu tidak.

Isma'il:
Tapi, bagaimana seandainya kamu mendapati di dalam gelas itu ada sedikit saja kotoran cicak? Apa kamu masih mau memimun air yang kusuguhi itu? Kotorannya cuma sedikit saja… tidak banyak.

Abdullah:
Tentu saja tak mungkin kuminum! Aku tidak mau meminumnya!

Isma'il:
Mengapa tidak?

Abdullah:
Karena ada kotoran cicak di dalam gelas itu! Air itu tentu saja kotor.

Isma'il:
Nah, itulah sebabnya mengapa sebanyak apa pun amal sholeh kita, kita tidak bisa datang kepada Allah kalau ada dosa dalam diri kita, sekecil apa pun. Allah akan menghukum orang-orang yang berbuat dosa.

Abdullah:
Apakah kamu sungguh-sungguh percaya bahwa Allah setegas itu?

Isma'il:
Ya. Karena Al-Qur'an menyatakan,

"Sesungguhnya barang siapa datang kepada Tuhannya dalam keadaan berdosa, maka sesungguhnya baginya neraka Jahanam. Ia tidak mati di dalamnya dan tidak (pula) hidup."
(Al-Qur'an 20:74)

Abdullah:
Audzubillahi min dzalik! Mengerikan sekali!

Isma'il:
Jadi, hanya dengan rahmat dan pengampunan Allah kita bisa menjadi bersih dan suci.

Abdullah:
Oh, begitu.

Isma'il:
Tahukah kamu siapa rahmat Allah itu, Abdullah? Sebelum Isa lahir, Allah mengutus seorang malaikat kepada Siti Maryam. Kepada malaikat itu Allah berfirman,

"Dan agar dapat kami menjadikannya (Isa) suatu tanda bagi manusia dan sebagai rahmat dari Kami; dan hal itu adalah suatu perkara yang sudah diputuskan." *(Al-Qur'an 19:21)*

Abdullah:
Aku dengar, Isa al-Masih itu hanya diutus untuk bani Israil atau orang-orang Yahudi. Benar begitu, bukan?

Isma'il:
Wah Abdullah, coba kamu ingat apa yang dikatakan firman Allah tadi. Perhatikan kata-kata "suatu tanda bagi manusia". Di situ tidak dikatakan suatu tanda bagi orang-orang Yahudi, 'kan? Artinya, Isa diperuntukkan bagi setiap orang ... untuk semua umat manusia.

Abdullah:
Baiklah Isma'il, tapi aku punya satu pertanyaan lain untukmu. Kelihatannya setiap kali kamu punya masalah, kamu selalu bisa menyelesaikannya.

Isma'il:
Ah, bukan begitu Abdullah. Aku tidak bisa menyelesaikan masalahku dengan kemampuan dan kekuatanku sendiri. Tapi Allah berjanji bahwa Ia akan selalu menolong setiap orang yang percaya dan yang mengikuti Isa al-Masih, serta memberi kemenangan kepada mereka. Di dalam Al-Qur'an sendiri dikatakan,

"Maka Kami berikan kekuatan kepada orang-orang yang beriman (kepada Isa) terhadap musuh-musuh mereka, lalu mereka menjadi orang-orang yang menang." (Al-Qur'an 61:14).

Abdullah ... bagiku, musuh kita adalah setan dan para pengikutnya. Mereka selalu menyerang kita dengan berbagai persoalan dalam hidup kita sehari-hari. Tapi, alhamdullillah aku bisa menyelesaikan persoalan dalam hidupku, karena Isa al-Masih menolongku.

Abdullah:
Mengapa pembicaraan kita semuanya tentang percaya dan mengikuti Isa al-Masih? Sebagai seorang Muslim rasanya aneh bagiku kalau kita berbicara banyak tentang Isa al-Masih.

Isma'il:
Menurutku tidak aneh, karena dalam Al-Qur'an sendiri banyak sekali kisah tentang Isa al-Masih. Di samping itu, sebagai

umat Muslim, kita diperintahkan untuk membaca seluruh Al-Qur'an. Kalau begitu, tentunya kita harus membaca semua ayat Al-Qur'an mengenai Isa al-Masih juga. Menurutku, sebagai seorang Muslim kita keliru kalau kita mengabaikan ayat-ayat tentang Isa al-Masih. Nah, aku tahu kamu pasti suka membaca Al-Qur'an, 'kan?

Abdullah:
Ya, sudah barang tentu aku membaca Al-Qur'an. Tapi, karena Al-Qur'an ditulis dalam bahasa Arab dan bukan memakai bahasa kita, maka aku tak bisa memahaminya. Aku tak mempunyai Al-Qur'an terjemahan dalam bahasa kita.

Isma'il:
Bagaimana mungkin? Bukankah kamu bisa pergi ke toko buku mana saja dan membeli Al-Qur'an terjemahan dalam bahasa kita di sana. Aku sendiri

mempunyai Al-Qur'an yang terjemahannya sudah disahkan oleh departemen agama.

Abdullah:
Bagaimana kamu bisa tahu begitu banyak tentang Isa al-Masih?

Isma'il:
Aku tahu tentang Isa al-Masih karena Nabi Muhammad banyak bercerita tentang Isa al-Masih di dalam Al-Qur'an. Jadi, orang yang mengajariku tentang Isa al-Masih adalah Nabi

Muhammad.

Abdullah:
Tapi, bukankah Allah sudah mengutus Nabi Muhammad kepada umat manusia? Lalu, mengapa kita masih perlu belajar tentang Isa al-Masih?

Isma'il:
Abdullah... banyak umat Muslim tidak membaca ayat-ayat Al-Qur'an mengenai Isa al-Masih karena mereka berpikir bahwa Nabi Muhammad adalah nabi terakhir, sehingga mereka tidak tertarik lagi mempelajari kehidupan Isa al-Masih atau nabi-nabi yang lainnya. Tapi, bahkan Nabi Muhammad sendiri sangat tertarik dengan kehidupan Isa al-Masih. Itulah sebabnya mengapa Nabi Muhammad menceritakan kepada kita banyak hal tentang Isa al-Masih, karena Isa al-Masih seorang nabi yang sangat berbeda dibandingkan dengan nabi-nabi lainnya.

Abdullah:
Berbeda? Apakah alasanmu mengatakan Isa
al-Masih begitu khusus? Maksudku, tentu kamu
menganggap dia begitu khusus, bukan? Sebab dari
tadi kamu terus menyuruhku untuk belajar tentang
Isa al-Masih dan mengikuti dia. Apa yang membuat
dia berbeda dari para nabi yang lainnya?

Isma'il:
Alasanku mengapa aku mengatakan bahwa Isa
al-Masih begitu khusus? Begini Abdullah... Nabi
Muhammad mengatakan, Allah mengutus para
malaikat-Nya untuk memberitahu Siti Maryam
bahwa Isa al-Masih akan menjadi pribadi yang
terkemuka di dunia ini dan di akhirat. Seperti yang
dikatakan Al-Qur'an,

*"(Ingatlah), ketika Malaikat berkata: 'Hai Maryam,
sesungguhnya Allah menggembirakan kamu
(dengan kelahiran seorang putra yang diciptakan)
dengan kalimat (yang datang) daripada-Nya,
namanya Al Masih Isa putra Maryam, seorang
terkemuka di dunia dan di akhirat dan termasuk
orang-orang yang didekatkan (kepada Allah).'"*
(Al-Qur'an 3:45)

Abdullah:
Tapi, kelihatannya kamu membeda-bedakan antara
Isa al-

Masih dengan para nabi yang lainnya, dan lebih
mengagungkan

Isa.

Isma'il:
Begini Abdullah, aku tidak membeda-bedakan antara Isa al-Masih dengan para nabi yang lainnya dan lebih mengagungkan Isa. Allah sendirilah yang membuat perbedaannya. Mengenai hal ini Allah berfirman dalam Al-Qur'an,

"Rasul-rasul itu Kami lebihkan sebagian mereka atas sebagian yang lain. Di antara mereka ada yang Allah berkata-kata (langsung dengan dia) dan sebagiannya Allah meninggikannya beberapa derajat. Dan Kami berikan kepada Isa putra Maryam beberapa mukjizat serta Kami perkuat dia dengan Ruhul Qudus." (Al-Qur'an 2:253)

Allah berfirman kepada Isa secara langsung. Allah lebih mengutamakan Isa dengan memberi beliau mukjizat dan memperkuat beliau dengan Ruhul Qudus. Malaikat Allah mengatakan bahwa Isa terkemuka di dunia dan di akhirat dan Isa akan didekatkan kepada Allah. Jadi, Allah sendirilah yang mengagungkan Isa.

Abdullah:
Aku belum pernah tahu ayat-ayat itu, Isma'il. Jadi, apa artinya al-Masih?

Isma'il:
Al-Masih artinya "yang dilantik". Tahukah kamu bahwa raja-raja di kerajaan-kerajaan jaman dulu kepalanya diolesi dengan minyak ketika mereka dilantik menjadi raja? Salah satu alasan mengapa

Isa al-Masih begitu khusus adalah karena Allah memberi Isa gelar "al-Masih". Artinya, Allah telah melantik Isa bukan dengan minyak melainkan dengan Ruhul Qudus.

Abdullah:
Hmm, menarik. Seandainya aku percaya kepada Isa al-Masih, apakah aku tak akan disebut sebagai seorang Nasrani?

Isma'il:
Abdullah, sudah berapa lama kamu mengenal aku? Berapa lama kita sudah berteman? Sudah lama kita berteman, 'kan? Dan kamu tahu bahwa selama ini aku tetap seorang Muslim. Aku ingat waktu kita kecil, kita selalu pergi ke masjid bersama-sama. Kita berpuasa bersama-sama. Kamu mengunjungi keluargaku pada waktu Idul Fitri. Begitu juga aku sebaliknya, mengunjungi keluargamu. Tidak seorang pun menyebut aku orang Nasrani hanya karena aku mengenal dan percaya kepada Isa al-Masih, 'kan? Kamu tahu 'kan, aku seorang Muslim. Di samping itu, Isa al-Masih tidak pernah menyuruh umat manusia untuk berubah agama menjadi Nasrani. Isa al-Masih hanya memerintahkan kepada kita untuk menjadi pengikutnya. Seperti yang dikatakan dalam Al-Qur'an berikut ini,

"Dan tatkala Isa datang membawa keterangan dia berkata: 'Sesungguhnya aku datang kepadamu dengan membawa hikmat dan untuk menjelaskan kepadamu sebagian dari apa yang kamu berselisih

*tentangnya, maka bertakwalah kepada Allah dan
taatlah (kepada) ku.'" (Al-Qur'an 43:63)*

Abdullah:
Nah, kalau begitu, mengapa ada orang-orang yang
disebut Nasrani pada saat ini?

Isma'il:
Begini ceritanya, Abdullah. Isa dan para sahabatnya
sendiri tidak pernah menyebut diri mereka Nasrani.
Tetapi, orang-orang yang membenci mereka di
negara lainlah yang pertama-tama menyebut mereka
Nasrani, bertahun-tahun kemudian setelah Isa wafat
dan kembali ke surga.

Abdullah:
Dari mana kamu tahu?

Isma'il:
Kamu bisa membacanya di Ensiklopedia atau bisa
dicari di online.

Abdullah:
Isma'il, kamu tahu banyak tentang Isa al-Masih,
dan kamu selalu senang berbincang-bincang tentang
Allah, bahkan dengan tetangga kita orang Nasrani
itu. Aku tahu sebagian orang Muslim tak suka
mengobrol dengan orang-orang Nasrani. Aku jadi
ingin tahu, mengapa kamu bisa begitu terbuka dan
ramah terhadap berbagai macam orang, khususnya
orang-orang Nasrani? Padahal aku dengar umat
Muslim dan Nasrani itu tak terlalu akur satu sama
lain...

Isma'il:
Umat Muslim yang baik seharusnya menghormati umat Nasrani karena mereka adalah ahli kitab. Nabi Muhammad sendiri senang bergaul dengan orang-orang Nasrani. Bahkan beliau banyak memuji orang-orang Nasrani...

Abdullah:
Oh ya? Apakah hal itu tertulis dalam Al-Qur'an?

Isma'il:
Ya, ada ayat yang berbunyi,

"Dan sesungguhnya kamu dapati yang paling dekat persabahatannya dengan orang-orang yang beriman ialah orang-orang yang berkata: 'Sesungguhnya kami ini orang Nasrani.' Yang demikian itu disebabkan karena di antara mereka itu (orang-orang Nasrani) terdapat pendeta-pendeta dan rahib-rahib, (juga) karena sesungguhnya mereka tidak

menyombongkan diri." (Al-Qur'an 5:82)

Kalau kita lihat ayat ini, Abdullah, orang-orang Nasrani dikatakan sebagai orang yang rendah hati.

Abdullah:
Mengapa kamu menyebut orang-orang Nasrani sebagai orang-orang yang rendah hati?

Isma'il:
Maksudku begini, orang-orang Nasrani yang sejati tentu menyerahkan hidupnya kepada Allah dengan

beriman kepada Isa al-Masih sebagai rahmat Allah. Tapi, pada masa sekarang banyak orang-orang yang sombong. Mereka pikir mereka bisa masuk surga dengan usaha dan kekuatan mereka sendiri. Mereka anggap dengan beramal baik, berbuat baik kepada orang lain, memberi makan orang miskin, berpuasa, dan berkurban serta menjalankan amal ibadah yang lainnya, mereka akan masuk surga.

Abdullah - Tetapi, tak ada salahnya beramal baik, bukan?

Isma'il:
Aku setuju denganmu, Abdullah. Beramal baik dan menolong orang lain itu memang suatu perbuatan yang luhur, khususnya selagi kita hidup di dunia ini. Tapi, aku percaya bahwa kita tidak dapat memakai amal baik kita untuk menyuap Allah supaya kita dimasukkan ke surga.

Abdullah:
Apakah maksudmu? Aku tak berusaha menyuap Allah kok...

Isma'il:
Kalau kita beramal baik atau berbuat sholeh dengan tujuan supaya kita masuk surga, itu sama saja menyuap Allah dengan memakai amal baik supaya Dia mau masukkan kita ke surga. Tapi ingat, walaupun kita banyak beramal baik, kita juga banyak berbuat dosa. Kalau begitu, mengapa Allah harus menerima amal baik kita? Coba kamu pikirkan... Kita banyak berbuat dosa, 'kan? Dan kita berbuat dosa setiap hari. Begitu, bukan?

Abdullah:
Ya... kadang-kadang...

Isma'il:
Itu pasti, Abdullah. Kita berbuat dosa setiap hari, terus menerus! Kita menipu diri kita sendiri kalau kita menganggap diri tidak pernah berbuat dosa!

Abdullah:
Tapi, aku masih belum paham mengapa amal baik kita tidak dapat menolong kita.

Isma'il:
Baik. Aku akan jelaskan mengapa amal baik itu tidak abadi. Setujukah kamu bahwa amal baik itu tidak bisa menolong orang-orang kafir masuk ke surga?

Abdullah:
Mungkin.

Isma'il:
Betul. Sebab, ada ayat yang menyatakan,

"Orang-orang yang kafir kepada Tuhannya, amalan-amalan mereka adalah seperti abu yang ditiup angin dengan keras pada suatu hari yang berangin kencang. Mereka tidak dapat mengambil manfaat sedikit pun dari apa yang telah mereka usahakan (di dunia). Yang demikian itu adalah kesesatan yang jauh." (Al-Qur'an 14:18)

Nah, bagaimana kalau seseorang merasa dirinya baik dan mereka terus beramal baik? Apakah amal baik mereka dapat menolong mereka?

Abdullah:
Sudah pasti. Ya.

Isma'il:
Begini, Abdullah. Kita harus hati-hati sebab bisa jadi pendapat kita mengenai baik buruknya amal kita salah. Al-Qur'an sendiri memberi peringatan kepada kita,

"Katakanlah: 'Apakah akan Kami beritahukan kepadamu tentang orang-orang yang paling merugi perbuatannya?' Yaitu orang-orang yang telah sia-sia perbuatannya dalam kehidupan dunia ini, sedangkan mereka menyangka bahwa mereka berbuat sebaik-baiknya." (Al-Qur'an18:103-104).

Abdullah:
Hmm...

Isma'il:
Bagaimana caranya supaya kita yakin bahwa penilaian kita itu benar dan bisa diandalkan? Mungkin kita pikir kita orang baik, tapi ternyata kita bukan orang yang baik. Mungkin kita pikir kita sedang beramal sholeh, padahal sebenarnya amalan-amalan itu tak bernilai.

Abdullah:
Lalu, bagaimana kalau kita beramal sholeh seperti menjalankan shalat? Sudah pasti Allah akan menerima shalat kita sebagai amal sholeh, bukan?

Isma'il:
Belum tentu. Bahkan shalat kita mungkin tidak bisa diperhitungkan sebagai amal sholeh. Al-Qur'an menyatakan,

"Dan manusia berdoa untuk kejahatan sebagaimana ia berdoa untuk kebaikan. Dan adalah manusia bersifat tergesa-gesa." (Al-Qur'an 17:11)

Abdullah:
Tapi, aku masih berpendapat amal sholeh kita dapat membantu kita.

Isma'il:
Abdullah, dosa adalah sesuatu yang sangat serius. Tidak peduli seberapa banyak pun amal sholeh kita, amal sholeh tersebut tidak bisa menutupi dosa-dosa kita. Allah akan menghukum kita karena dosa-dosa kita. Dalam Al-Qur'an Allah berfirman,

"Jika Allah menghukum manusia karena kezalimannya, niscaya tidak akan ditinggalkan-Nya di muka bumi sesuatu pun dari makhluk yang melata, tetapi Allah menangguhkan mereka sampai kepada waktu yang ditentukan. Maka apabila telah tiba waktu (yang ditentukan) bagi mereka, tidaklah mereka dapat mengundurkannya barang sesaat pun

dan tidak (pula) mendahulukannya." (Al-Qur'an 16:61)

Abdullah:
Tadi kamu katakan, bahwa berkurban tak dapat menyelamatkan kita. Lalu, mengapa kita masih harus berkurban setiap tahun?

Isma'il:
Tujuanku membeli hewan kurban adalah supaya aku bisa memberikan daging kepada orang-orang miskin. Aku ingin menolong mereka supaya mereka dapat makan daging. Kamu tahu 'kan, daging itu mahal dan aku yakin banyak orang miskin yang tidak bisa membeli daging. Jadi, aku berkurban karena aku mau berbagi dengan orang-orang miskin.

Abdullah:
Tetapi, kamu berkurban untuk mendapatkan pahala dari Allah, bukan?

Isma'il:
Bukan begitu, Abdullah. Sebuah ayat Al-Qur'an bercerita tentang orang-orang yang mengurbankan unta, *"Daging-daging unta dan darahnya itu sekali-kali tidak dapat mencapai (keridaan) Allah, tetapi ketakwaan dari kamulah yang dapat mencapainya. Demikianlah Allah telah menundukkannya untuk kamu supaya kamu mengagungkan Allah terhadap hidayah-Nya kepada kamu." (Al-Qur'an 22:37)*

Abdullah:
Baiklah, kalaupun amal baik kita tak dapat menolong kita untuk masuk surga pada waktu kita mati nanti, mungkin masih ada cara lain yang membuat kita bisa masuk surga. Sebagian orang percaya bahwa mereka akan dimasukkan ke dalam neraka terlebih dahulu, tapi mereka hanya akan tinggal di sana sebentar saja karena kemudian akan dikeluarkan dari neraka.

Isma'il:
Bagaimana caranya mereka keluar dari neraka?

Abdullah:
Mereka percaya bahwa amal sholeh mereka pada waktu mereka hidup di dunia akan menolong mereka keluar dari neraka. Mereka juga percaya bahwa kalau mereka shalat, setelah mati nanti mereka akan lebih cepat keluar dari neraka.

Isma'il:
Apakah ajaran itu ada di dalam Al-Qur'an?

Abdullah:
Aku tak tahu... tapi itulah yang dikatakan mereka.

Isma'il:
Abdullah, tahukah kamu bahwa banyak umat Muslim yang percaya begitu saja apa-apa yang dikatakan oleh orang lain kepada mereka. Aku dengar mereka sering berkata, "Temanku bilang begini, temanku bilang begitu, atau ustadzku bilang ini dan itu..." Tapi sebagai seorang Muslim kita harus percaya apa yang dikatakan oleh Al-Qur'an.

Abdullah:
Maaf kalau begitu. Lalu, apa yang diajarkan oleh Al-Qur'an?

Isma'il:
Begini. Menurut apa yang kamu katakan tadi, sebagian orang percaya bahwa mereka akan masuk neraka sebentar saja. Tapi, dalam Al-Qur'an dikatakan,

"(Bukan demikian), yang benar, barang siapa berbuat dosa dan ia telah diliputi oleh dosanya, mereka itulah penghuni neraka, mereka kekal di dalamnya." (Al-Qur'an 2:81).

Ini berarti mereka akan tinggal di neraka selama-lamanya, dan Abdullah... ketahuilah, amal baik mereka ternyata tidak dapat menolong mereka!

Abdullah:
Aku punya seorang teman yang suka mendoakan orang yang sudah mati. Dia berkata bahwa doa-doa yang dia panjatkan dapat membuat orang yang mati tersebut terlepas dari siksa neraka. Bagaimanakah pendapatmu, Isma'il?

Isma'il:
Menurutku sebaiknya kita lihat saja apa yang diajarkan oleh Al-Qur'an mengenai hal ini. Dalam Al-Qur'an ada satu ayat yang berbunyi,

"Dan berkatalah orang-orang yang mengikuti: 'Seandainya kami dapat kembali (ke dunia), pasti kami akan berlepas diri dari mereka, sebagaimana

mereka berlepas diri dari kami.' Demikianlah Allah
memperlihatkan kepada mereka amal perbuatannya
menjadi sesalan bagi mereka; dan sekali-kali
mereka tidak akan keluar dari api neraka."
(Al-Qur'an 2:167)

Jadi, kita harus tahu bahwa orang-orang yang
berada di neraka tidak akan mendapatkan
kesempatan untuk kedua kalinya. Mereka hanya
akan menyesali segala amal buruk mereka.

Abdullah:
Ah, aku belum pernah tahu hal itu. Semula aku
berpikir amal sholeh kita dapat mengeluarkan kita
dari neraka. Minggu yang lalu aku ngobrol dengan
tetanggaku dan mereka berkata bahwa Nabi
Muhammad akan menyelamatkan mereka dari siksa
neraka.

Isma'il:
Seperti yang aku katakan tadi, banyak umat Muslim
yang percaya begitu saja apa yang dikatakan kepada
mereka oleh orang lain. Sebagai seorang Muslim,
kita harus percaya pada ajaran Al-Qur'an saja. Nabi
Muhammad sering menyebut dirinya sebagai
pemberi peringatan. Menurut Al-Qur'an, Nabi
Muhammad diperintahkan oleh Allah untuk
menjadi pemberi peringatan. Ayat tersebut
berbunyi,

"Katakanlah: 'Aku tidak berkuasa menarik
kemanfaatan bagi diriku dan tidak (pula) menolak
kemudaratan kecuali yang dikehendaki Allah. Dan
sekiranya aku mengetahui yang gaib, tentulah aku

*membuat kebajikan sebanyak-banyaknya dan aku
tidak akan ditimpa kemudaratan. Aku tidak lain
hanyalah pemberi peringatan, dan pembawa berita
gembira bagi orang-orang yang beriman.'"*
(Al-Qur'an 7:188)

Ada juga ayat lain yang berbunyi,

*"Sesungguhnya Kami telah mengutusmu
(Muhammad) dengan kebenaran; sebagai pembawa
berita gembira dan pemberi peringatan, dan kamu
tidak akan diminta (pertanggungjawaban) tentang
penghuni-penghuni neraka." (Al-Qur'an 2:119)*

Jadi, kalau kita pahami ayat ini dengan benar, jelas
bahwa Nabi Muhammad tidak bertanggung jawab
untuk menyelamatkan orang dari neraka.

Abdullah:
Hmm...tapi kalau aku katakan seperti itu kepada
tetanggaku, mungkin nanti mereka akan marah.

Isma'il:
Marah? Tentu mereka tidak akan marah kalau
mereka tahu bahwa Al-Qur'an mengajarkan hal itu.
Di samping itu, apa yang aku katakan tadi bukanlah
pendapatku pribadi. Itu adalah firman yang
disampaikan Allah kepada Nabi Muhammad. Coba
perhatikan kata 'Kami'. Kata ini maksudnya adalah
Allah. Jadi, dalam ayat ini Allah sedang berfirman
kepada Nabi Muhammad. Begitu, 'kan?

Abdullah:
Ya, aku pikir kamu benar.

Isma'il:
Seandainya tetangga kamu itu marah, artinya mereka justru marah kepada Allah, dan menolak apa yang dikatakan oleh Al-Qur'an.

Abdullah:
Nah Isma'il, mengapa sebagian umat Muslim percaya bahwa kalau mereka mati karena berjihad mereka akan langsung masuk surga?

Isma'il:
Ah, Abdullah, menurutmu jihad itu apa?

Abdullah:
Jihad artinya berperang melawan orang kafir.

Isma'il:
Tahukah kamu apa arti kafir?

Abdullah:
Kafir artinya orang-orang yang menyembah berhala dan yang tak beriman kepada Allah.

Isma'il:
Betul, Abdullah. Kafir artinya tidak percaya kepada Allah. Tahukah kamu siapa orang kafir itu?

Abdullah:
Yaah ... aku tahu bahwa sebagian umat Muslim menganggap orang-orang Yahudi dan Nasrani sebagai orang kafir. Bagaimana menurutmu?

Isma'il:
Menurut Al-Qur'an, para sahabat Isa al-Masih sendiri disebut Muslim. Para sahabat Isa tersebut berkata,

"'Kami lah penolong-penolong (agama) Allah. Kami beriman kepada Allah; dan saksikanlah bahwa sesungguhnya kami adalah orang-orang yang berserah diri (orang-orang Muslim).'" (Al-Qur'an 3:52)

Lalu, kalau begitu mengapa para pengikut Isa bisa disebut kafir?

Abdullah:
Aku tak tahu. Mungkin mereka pikir Isa itu menyembah tiga tuhan.

Isma'il:
Aku tidak mengerti mengapa orang-orang itu menganggap para pengikut Isa adalah orang-orang kafir. Padahal, Al-Qur'an mengatakan bahwa Allah sendiri membedakan pengikut Isa dengan orang-orang kafir. Bahkan Allah memberikan kedudukan yang jauh lebih tinggi kepada para pengikut Isa daripada orang-orang kafir. Al-Qur'an mengatakan,

"(Ingatlah), tatkala Allah berfirman: 'Hai Isa, sesungguhnya Aku akan mewafatkanmu, dan mengangkatmu kepada-Ku dan menyucikanmu dari orang-orang yang kafir, dan menjadikan orang-orang yang mengikutimu di atas mereka yang kafir hingga hari kiamat.'" (Al-Qur'an 3:55)

Abdullah:
Hmm. Sepertinya aku belum pernah berpikiran seperti itu.

Isma'il:
Orang-orang beriman adalah kebalikan dari orang-orang kafir. Allah berfirman bahwa para pengikut Isa al-Masih adalah orang-orang yang beriman, bukan orang-orang kafir yang ingkar kepada Allah. Jadi, kamu sekarang tahu bahwa para pengikut Isa tidak mungkin disebut orang-orang kafir.

Abdullah:
Kalau begitu, apa yang akan terjadi jika seorang Muslim membunuh seorang pengikut Isa karena ia berpikiran bahwa yang dibunuhnya adalah orang kafir?

Isma'il:
Nah, Al-Qur'an mengajarkan apa yang akan terjadi dengan orang yang membunuh orang beriman. Salah satu ayat dalam Al-Qur'an berbunyi,

"Dan barang siapa yang membunuh seorang mukmin dengan sengaja, maka balasannya ialah Jahanam, kekal ia di dalamnya dan Allah murka kepadanya, dan mengutukinya serta menyediakan azab yang besar baginya." (Al-Qur'an 4:93)

Abdullah:
Lalu, bagaimana kalau orang tersebut tak menyadari bahwa ia sesungguhnya membunuh seorang yang beriman?

Isma'il:
Kalau begitu, dia membunuh orang yang salah. Dan menurut Al-Quran, walaupun ini suatu kesalahan, dia masih harus mendapatkan hukuman atas perbuatannya membunuh orang (Al-Qur'an 4:92). Ngomong-ngomong, tahukah kamu bahwa dalam Al-Qur'an ada ayat yang mengatakan bahwa jihad sesungguhnya tidak menjamin seseorang masuk surga?

Abdullah:
Hah?! Kamu yakin?

Isma'il:
Ya. Ada satu ayat yang berbunyi,

"Apakah kamu mengira bahwa kamu akan masuk surga, padahal belum nyata bagi Allah orang-orang yang berjihad di antaramu, dan belum nyata orang-orang yang sabar." (Al-Qur'an 3:142)

Abdullah:
Aku pernah mendengar beberapa ayat yang berbicara tentang membunuh orang. Misalnya, bunuhlah orang itu karena dia buruk perilakunya. Atau, bunuhlah mereka karena mereka adalah orang-orang kafir. Bagaimanakah pendapatmu tentang hal ini?

Isma'il:
Hmm... Ayo kita lihat beberapa ayat yang dengan keliru telah dipakai untuk membenarkan perbuatan membunuh orang lain atas nama Allah. Ada satu ayat yang berbunyi,

"Maka bunuhlah orang-orang musyrikin itu di mana saja kamu jumpai mereka, dan tangkaplah mereka..." (Al-Qur'an 9:5).

Ayat yang lain berbunyi,

"Apabila kamu bertemu dengan orang-orang kafir (di medan perang) maka pancunglah batang leher mereka..." (Al-Qur'an 47:4)

Masalahnya, hanya satu bagian dari ayat itu yang dikutip. Dan kalaupun ayat itu dikutip secara keseluruhan, ayat tersebut dilepaskan dari konteksnya. Nah, kalau kita mau memahami ayat tersebut secara mentah-mentah, maka tentunya kita harus mulai dengan membunuh diri kita sendiri terlebih dahulu.

Abdullah:
Apa?!? Membunuh diri kita sendiri? Apakah maksudmu?

Isma'il:
Kita ini orang yang penuh dosa, bukan? Kadang-kadang kita ragu-ragu di dalam hati kita. Kadang-kadang juga kita mempunyai berhala-berhala di dalam hati kita, yaitu hal-hal lain yang kita anggap lebih penting daripada Allah. Ya, 'kan? Nah, kalau kita menyebut orang kafir sebagai orang yang menyembah berhala, maka berarti kita juga kadang-kadang menjadi orang kafir. Nah, daripada membunuh orang lain, seharusnya kita justru membunuh atau melenyapkan dosa dan

keingkaran (kepada Allah) yang ada dalam hati kita sendiri.

Abdullah:
Seandainya kamu punya teman yang tak beriman kepada Allah, apakah yang akan kamu lakukan, Isma'il?

Isma'il:
Aku akan mendoakan mereka supaya mereka bertaubat dan beriman kepada Allah. Aku juga akan berdoa supaya mereka mengenal rahmat dan pengampunan Allah di dalam Isa alMasih dan semoga mereka menjadi pengikut Isa. Ini seperti yang diajarkan Al-Qur'an,

"Katakanlah kepada orang-orang yang beriman hendaklah mereka memaafkan orang-orang yang tiada takut akan hari-hari Allah karena Dia akan membalas sesuatu kaum terhadap apa yang telah mereka kerjakan." (Al-Qur'an 45:14)

Abdullah:
Lalu, mengapa kamu mau mendoakan mereka supaya mereka menjadi pengikut Isa al-Masih?

Isma'il:
Mengapa tidak? Allah telah banyak menjanjikan hal yang indah bagi para pengikut Isa al-Masih.

Abdullah:
Benarkah? Seperti apa?

Isma'il:
Baiklah, aku beritahu kamu sekarang. Salah satu contoh yang

Allah janjikan adalah seperti yang tertuang dalam ayat Al-Qur'an ini,

"(Ingatlah), tatkala Allah berfirman: 'Hai Isa, sesungguhnya Aku akan mewafatkanmu, dan mengangkatmu kepada-Ku dan menyucikanmu dari orang-orang yang kafir, dan menjadikan orang-orang yang mengikutimu di atas mereka yang kafir hingga hari kiamat.'" (Al-Qur'an 3:55)

Abdullah:
Yang menarik bagiku, para pengikut Isa ternyata mempunyai kedudukan yang tinggi karena mereka ditempatkan di atas orang kafir. Tetapi, kupikir Allah berfirman seperti itu terhadap para pengikut Isa yang dulu hidup pada jaman Nabi Isa, bukan para pengikut Isa yang hidup pada jaman sekarang.

Isma'il:
Mengapa kamu berpendapat seperti itu, Abdullah? Tolong perhatikan kata-kata 'hingga Hari Kiamat'. Nah, Hari Kiamat belum terjadi, bukan? Jadi, ini berarti bahwa janji itu berlaku juga untuk para pengikut Isa yang hidup pada jaman sekarang. Dan tahukah kamu apa yang terjadi dengan orang-orang kafir, maksudku, mereka yang tidak mau percaya kepada Isa?

Abdullah:
Aku tak tahu...

Isma'il:
Nah, ayat berikutnya berbunyi seperti ini,

*"Adapun orang-orang kafir, maka akan Ku-siksa
mereka dengan siksa yang sangat keras di dunia
dan di akhirat, dan mereka tidak memperoleh
penolong." (Al-Qur'an 3:56)*

Jadi Abdullah, dalam ayat 55 Allah menjanjikan
sesuatu yang agung kepada para pengikut Isa, dan
sementara dalam ayat 56 Allah menjanjikan sesuatu
yang mengerikan bagi orang-orang yang tidak
percaya kepada Isa. Dengan demikian, aku tidak
heran mengapa Allah selalu menolong aku
menyelesaikan masalah-masalah dalam
kehidupanku di dunia ini karena aku beriman
kepada Allah, seperti yang dijanjikan dalam ayat di
atas. Dan aku juga percaya bahwa Allah akan
menolong aku di akhirat... bukan karena aku ini
orang yang baik atau jahat, tetapi karena Allah telah
berjanji untuk menolong siapa saja yang percaya
kepada Isa al-Masih. Itulah sebabnya mengapa aku
percaya kepada janji-janji-Nya!

Abdullah:
Aku tertarik belajar lebih banyak tentang Isa
al-Masih, tetapi maaf ya, aku harus pergi sekarang.
Maaf ya, Isma'il. Aku harus pergi ke bengkel
motor, mau membetulkan motorku.

Isma'il:
Oh, tidak apa-apa Abdullah. Aku juga harus pergi.
Aku harus ke kantor pos untuk memeriksa kotak
suratku. Ngomong-ngomong, Abdullah... Jangan

lupa ya, kalau kamu punya waktu, pergilah ke toko buku dan belilah Al-Qur'an terjemahan. Coba cari ayat-ayat tentang Isa al-Masih. Nanti waktu kita bertemu lagi kita bisa membahas ayat-ayat tersebut bersama-sama. Sampai nanti ya. Assalamu'alaikum.

Abdullah:
Wa'alaikum salam.

Percakapan Dua
Ayat-ayat

Beberapa hari setelah percakapan saya terakhir dengan Abdullah, kami bertemu kembali. Waktu itu hari Jum'at. Jadi, kami pergi ke mesjid untuk shalat Jum'at. Setelah shalat, kami pergi ke suatu warung untuk makan siang. Karena saya tidak harus kembali bekerja sore itu maka kami duduk berdua dan berbincang-bincang sebentar.

Isma'il:
Abdullah, bagaimana sepeda motormu sekarang?

Abdullah:
Oh, aku perlu mengganti rem yang baru untuk sepeda motorku.

Isma'il:
Sebenarnya apa yang rusak?

Abdullah:
Kamu tahu sepeda motorku itu sudah tua, bukan. Remnya perlu diganti. Aku sudah menduganya dan tak terkejut…

Isma'il:
Oh, begitu. Ngomong-ngomong, apakah kamu sudah membeli Al-Qur'an?

Abdullah:
Alhamdulillah, sudah. Aku membelinya di sebuah toko buku

Muslim. Bentuknya cukup indah dan penuh hiasan. Sampulnya berhiaskan tulisan emas yang timbul. Nanti kutunjukkan kepadamu sewaktu aku main ke rumahmu.

Isma'il:
Wah, mantap kalau begitu!

Abdullah:
Nah, begini Isma'il... Ini catatanku. Aku menulis beberapa ayat yang mengisahkan tentang Isa al-Masih. Aku belum menyelesaikan daftar ayat ini karena aku tak punya cukup waktu.

Isma'il:
Tidak apa-apa. Ayat-ayat apa yang sudah kamu temukan?

Abdullah:
Maaf, aku sangat sibuk beberapa hari ini. Jadi, aku baru sampai pada surah ke-2. Ini ayat-ayat yang kutemukan tentang Isa al-Masih: Surah 2:87, 2:136, dan 2:253.

Isma'il:
Wah, sayang kamu tidak punya cukup waktu untuk menemukan ayat-ayat yang lain, tapi tidak

apa-apa, kita bisa mempelajari ayat-ayat yang lain itu bersama-sama pada kesempatan lain.

Abdullah:
Aku janji, aku akan cari lagi ayat-ayat lainnya nanti.

Isma'il:
Aku juga sudah mulai membuat daftar tentang ayat-ayat mengenai Isa al-Masih. Kamu bawa sajalah daftar ayat-ayatku ini. Dengan begitu, kamu bisa mempelajarinya dan nanti kita bisa membahasnya bersama-sama.

Berikut ini daftar ayat-ayat yang saya berikan kepada Abdullah. Ayat-ayat mengenai isa al-masih.

Isa al-Masih (Ayat di Al Qur'an):

- ❖ ... adalah putra Siti Maryam
  - ➢ Surah 2:87, 253; 3:45
- ❖ ... adalah al-Masih, yang dijanjikan
  - ➢ Surah 3:45,4:157, 171
- ❖ ... adalah Hamba Allah
  - ➢ Surah 4:172;19:30
- ❖ ... adalah seorang Nabi
  - ➢ Surah 19:30
- ❖ ... adalah seorang Utusan Allah
  - ➢ Surah 4:157, 171; 5:75

- ❖ ... adalah Firman Allah
  - ➢ Surah 3:45; 4:171
- ❖ ... adalah Perkataan yang Benar
  - ➢ Surah 19:34
- ❖ ... adalah Ruh Allah
  - ➢ Surah 66:12
- ❖ ... adalah suatu tanda bagi seluruh umat manusia
  - ➢ Surah 19:21;21:91
- ❖ ... adalah seorang saksi
  - ➢ Surah 4:159; 5:117
- ❖ ... adalah rahmat Allah (Surah 19:21)
- ❖ ... adalah yang terkemuka
  - ➢ Surah 3:45
- ❖ ... adalah orang yang sholeh
  - ➢ Surah 3:46; 6:85
- ❖ ... adalah orang yang diberkahi
  - ➢ Surah 19:31; 43:59
- ❖ ... membuat mukjizat
  - ➢ Surah 2:87
- ❖ ... dibimbing oleh Ruhul Qudus
  - ➢ Surah 2:253
- ❖ ... terlahir dari seorang perawan
  - ➢ Surah 3:47; 19:20-21
- ❖ ... membimbing manusia kepada kebenaran
  - ➢ Surah 3:49
- ❖ ... menyembuhkan orang sakit
  - ➢ Surah 3:49
- ❖ ... membangkitkan orang mati
  - ➢ Surah 3:49

* ... akan mati untuk menyelamatkan
  orang-orang yang tidak beriman
  ➤ Surah 3:55
* ... bangkit dari kematian
  ➤ Surah 3:55
* ... naik ke surga setelah wafat dan bangkit
  ➤ Surah 3:55
* ... adalah yang memberi hidup
  ➤ Surah 5:110
* ... suci
  ➤ Surah 19:19
* ... akan datang kembali ke dunia
  ➤ Surah 43:61
* ... mengetahui masa depan, hari kiamat
  ➤ Surah 43:61, 63
* ... harus ditaati/diikuti
  ➤ Surah 43:63

Isma'il:
Nah Abdullah, itulah ayat-ayat yang bisa aku
temukan.

Abdullah:
Daftar ayatku jauh lebih sedikit dibandingkan
milikmu.

Isma'il:
Tidak apa-apa, Abdullah. Dulu aku juga tidak tahu
ayat apa pun tentang Isa al-Masih. Aku belajar
sedikit demi sedikit, dan akhirnya aku menemukan

lebih dari 90 ayat tentang Isa al-Masih dalam
Al-Qur'an.

Abdullah:
Oh ya, sewaktu aku ke toko buku membeli
Al-Qur'an, aku bertemu Akbar.

Isma'il:
Akbar? Akbar yang mana ya?

Abdullah:
Itu lho, Akbar teman kita di SMA. Dulu dia ketua
kelas kita. Kamu ingat?

Isma'il:
Oh ya, aku ingat Akbar. Dia anak yang baik.

Abdullah:
Pada waktu aku bertemu Akbar, dia bertanya
kepadaku mengapa aku membeli Al-Qur'an.
Kukatakan kepadanya bahwa kamu memintaku
menemukan semua ayat tentang Isa dalam
Al-Qur'an dan bahwa menurutmu akan lebih
mudah bagiku mencari ayat-ayat itu dalam
Al-Qur'an terjemahan. Aku sempat berbincang
sebentar dengannya. Dia juga sempat mengatakan
beberapa hal mengenai Isa al-Masih.

Isma'il:
Apa yang dikatakannya?

Abdullah:
Katanya, kalau aku ingin tahu lebih banyak
tentang

Isa al-Masih, mengapa tak beli saja Kitab Suci Injil lalu mempelajari kisah Isa al-Masih di dalamnya?

Isma'il:
Oh ya? Benarkah dia berkata seperti itu?

Abdullah:
Ya benar, tapi aku tak mau melakukanya. Aku pernah mendengar bahwa Kitab Suci Injil tak dapat dipercayai kebenarannya karena sudah dipalsukan. Jadi, kita tak tahu lagi bagian-bagian mana yang benar dan bagian-bagian mana yang sudah diubah.

Isma'il:
Bagaimana kabar Akbar sekarang?

Abdullah:
Dari ceritanya, kelihatannya dia baik-baik saja.

Isma'il:
Aku ingat dulu kita bertiga sering belajar bersama di rumah sehari sebelum ujian. Lalu, selama bulan suci Ramadhan aku selalu main ke rumahnya untuk berbuka puasa. Ah, menyenangkan sekali saat itu. Lama sekali aku tidak bertemu dengannya. Ah, sekali waktu aku harus menemuinya. Tapi, aku tidak tahu di mana dia tinggal. Tahukah kamu tempat tinggalnya?

Abdullah:
Wah, aku kurang tahu. Aku lupa menanyakan alamatnya.

Isma'il:
Wah, sayang ya…

Abdullah:
Sekadar tahu saja, Isma'il... kamu tak punya Kitab Suci Injil, bukan?

Isma'il:
Kitab Suci Injil? Aku punya, bahkan aku sudah membacanya.

Abdullah:
Apa?! Kamu sudah membaca Kitab Suci Injil?

Isma'il:
Ya. Mengapa? Tidak boleh? Kamu 'kan tahu bahwa aku suka membaca biografi orang-orang terkenal seperti para pemimpin besar, penulis dan musisi hebat serta bintang film. Ketika aku ingin mengetahui kisah hidup seseorang, aku selalu membeli buku tentang orang tersebut di toko buku lalu membacanya.

Abdullah:
Tetapi, Kitab Suci Injil itu bukankah kitab orang Nasrani, dan di samping itu banyak orang memberitahuku bahwa isinya banyak yang tak benar...?

Isma'il:
Wah, maaf Abdullah, aku tidak setuju. Aku sudah membaca Kitab Suci Injil dan aku tidak menemukan sesuatu yang buruk dalam kisah-kisah tentang Isa al-Masih.

Abdullah:

Tapi, aku juga pernah mendengar bahwa Kitab Suci Injil itu dipalsukan.

Isma'il:

Sayang sekali kalau orang-orang berpendapat bahwa Kitab Suci Injil sudah dipalsukan. Aku harap kamu tidak menganggap bahwa Kitab Suci Injil sudah diubah, karena siapa yang menganggap bahwa Kitab Suci Injil itu dipalsukan, maka sesungguhnya ia telah menghina Allah.

Abdullah:

Apa? Menghina Allah? Mengapa kamu berkata seperti itu?

Isma'il:

Kamu tahu 'kan bahwa Allah mewahyukan firman-Nya kepada para nabi pada jaman dulu. Kalau kita menganggap bahwa Kitab Suci Injil telah dipalsukan, maka kita menganggap Allah itu lemah. Apakah kamu menganggap Allah lemah, sehingga tak mampu menjaga firman-Nya setelah Ia mewahyukannya?

Abdullah:

Tentu tidak. Tetapi mungkin saja bukan kalau Kitab Suci Injil telah dipalsukan?

Isma'il:

Menurutku, Allah tidak akan membiarkan orang-orang mengubah firman-Nya. Dalam Al-Qur'an dikatakan,

"Dan seandainya pohon-pohon di bumi menjadi pena dan laut (menjadi tinta), ditambahkan kepadanya tujuh laut (lagi) sesudah (kering) nya, niscaya tidak akan habis-habisnya (dituliskan) kalimat Allah.

Sesungguhnya Allah Maha Perkasa lagi Maha Bijaksana." (Al-Qur'an 31:27)

Ayat ini menyatakan bahwa Allah Maha Perkasa, firman-firman-Nya tidak akan musnah. Jadi, aku percaya bahwa Allah cukup bijaksana dan berkuasa untuk menjaga dan melindungi firman-firman-Nya. Di samping itu, Al-Qur'an berulang kali juga menuliskan bahwa tidak seorang pun dapat mengubah kalimat-kalimat Allah. Salah satu ayat berbunyi,

"Dan bacakanlah apa yang diwahyukan kepadamu, yaitu kitab Tuhanmu (Al Qur'an). Tidak ada (seorang pun) yang dapat mengubah kalimat-kalimat-Nya. Dan kamu tidak akan dapat menemukan tempat berlindung selain daripada-Nya." (Al-Qur'an 18:27)

Ayat yang lain juga mengatakan,

"Telah sempurnalah kalimat Tuhanmu (Al Qur'an), sebagai kalimat yang benar dan adil. Tidak ada yang dapat merubah-rubah kalimat-kalimat-Nya dan Dia-lah yang Maha Mendengar lagi Maha Mengetahui."

(Al-Qur'an 6:115)

Abdullah:
Apakah kamu sudah sering membaca Kitab Suci Injil?

Isma'il:
Ya. Aku membaca Al-Qur'an dan Kitab Suci Injil. Lagipula, bagiku membaca Kitab Suci Injil bukan sesuatu yang salah. Kitab Suci Injil itu adalah kitab yang baik, banyak menerangkan kasih sayang Allah untuk kita. Al-Qur'an memberi alasan mengapa kita perlu membaca Kitab Suci Injil. Salah satu ayat Al-Qur'an berbunyi,

"Dia menurunkan Al Kitab (Al Qur'an) kepadamu dengan sebenarnya; membenarkan kitab yang telah diturunkan sebelumnya dan Dia menurunkan Taurat dan Injil. Sebelum (Al Qur'an), menjadi petunjuk bagi manusia, dan Dia menurunkan Al Furqaan. Sesungguhnya orang-orang yang kafir terhadap ayat-ayat Allah akan memperoleh siksa yang berat: ..."
(Al-Qur'an 3:3-4)

Ayat lainnya juga menegaskan,

"Dan Kami iringkan jejak mereka (nabi-nabi Bani Israel) dengan Isa putra Maryam, membenarkan kitab yang sebelumnya, yaitu: Taurat. Dan Kami telah memberikan kepadanya Kitab Injil sedang di dalamnya (ada) petunjuk dan cahaya (yang menerangi), dan membenarkan kitab yang sebelumnya, yaitu Kitab Taurat. Dan menjadi petunjuk serta pengajaran untuk orang-orang yang bertakwa." *(Al-Qur'an 5:46)*

Abdullah:
Tetapi, menurutku Kitab Suci Injil itu hanya untuk orang-orang Yahudi dan Nasrani.

Isma'il:
Tidak begitu, Abdullah. Kitab Suci Injil untuk semua orang. Ingat, ayat Al-Qur'an tadi berkata bahwa Kitab Suci Injil menjadi petunjuk bagi manusia. Berarti, untuk semua orang, bukan?

Abdullah:
Tapi, bagiku aneh rasanya kalau seorang Muslim membaca Kitab Suci Injil.

Isma'il:
Menurutku tidak aneh, bahkan aku percaya Nabi Muhammad pun tahu ajaran Kitab Suci Injil.

Abdullah:
Dari mana kamu tahu?

Isma'il:
Karena dalam Al-Qur'an dikatakan,

"Kitab Injil ... di dalamnya (ada) petunjuk dan cahaya (yang menerangi), dan membenarkan kitab yang sebelumnya, yaitu Kitab Taurat. Dan menjadi petunjuk serta pengajaran untuk orang-orang yang bertakwa." (Al-Qur'an 5:46)

Coba kamu pikirkan hal itu. Bagaimana mungkin Nabi Muhammad tahu bahwa Injil mengandung petunjuk dan cahaya kalau beliau tidak mengetahui isinya.

Abdullah:
Ah, bukan berarti hanya karena beliau tahu tentang Injil, lalu beliau ingin supaya kita membaca Injil.

Isma'il:
Aku percaya seandainya Nabi Muhammad tidak ingin kita membaca Kitab Suci Injil, maka tentulah ayat tadi tidak ada di dalam Al-Qur'an. Tapi, nyatanya melalui Al-Qur'an Nabi Muhammad mengajarkan sesuatu tentang Kitab Suci Injil, seperti yang kita amati tadi. Beliau bahkan mendorong umat Muslim supaya membaca Kitab Suci Injil. Menurut Al-Qur'an, Allah berfirman kepada Nabi Muhammad supaya beliau mengatakan demikian,

"Katakanlah: 'Hai Ahli Kitab, kamu tidak dipandang beragama sedikit pun hingga kamu menegakkan ajaran-ajaran Taurat, Injil dan Al Qur'an yang diturunkan kepadamu dari Tuhanmu.'" (Al-Qur'an 5:68)

Seperti yang tadi kukatakan, Abdullah, aku suka membaca otobiografi orang-orang terkenal. Di dalam Kitab Suci Injil aku suka membaca pengalaman-pengalaman yang dialami oleh hamba-hamba Allah yang beriman. Bagiku, kisah-kisah itu penuh berkah. Aku juga suka membaca Kitab Suci Zabur.

Abdullah:
Maksudmu, Kitab Suci Zabur yang diturunkan kepada Nabi Daud 'Alaihissalam ?

Isma'il:
Ya, mengapa tidak? Kitab Suci Zabur juga diturunkan oleh

Allah. Ingat, apa yang dikatakan oleh Al-Qur'an berikut ini,

"Dan Tuhanmu lebih mengetahui siapa yang (ada) di langit dan di bumi. Dan sesungguhnya telah Kami lebihkan sebagian nabi-nabi itu atas sebagian (yang lain), dan Kami berikan Zabur (kepada) Daud." (Al-Qur'an 17:55)

Al-Qur'an juga berkata,

"Dan sungguh telah Kami tulis di dalam Zabur sesudah (Kami tulis dalam) Lohmahfuz, bahwasanya bumi ini dipusakai hamba-hamba-Ku yang saleh." (Al-Qur'an 21:105)

Abdullah:
Sebagian umat Muslim percaya bahwa semua kandungan Taurat, Zabur, dan Injil sudah ada di dalam Al-Qur'an, bagaimana menurut pendapatmu, Isma'il?

Isma'il:
Aku sudah membaca Taurat, Zabur, dan Injil dan aku menemukan bahwa Injil juga ada di dalam Al-Qur'an.

Abdullah:
Benarkah? Bisakah kamu menunjukkannya kepadaku?

Isma'il:
Tentu saja. Tapi sebelumnya kamu harus mengerti apa arti kata Injil. Tahukah kamu apa artinya Injil, Abdullah?

Abdullah:
Menurutku Injil berarti kitab suci yang berisi perintah-perintah Allah yang disampaikan kepada Nabi Isa al-Masih?

Isma'il:
Ya, ajaran yang dibawa oleh Isa al-Masih memang disebut

Injil. Tapi, Injil mempunyai arti yang lebih luas dari pada itu, Abdullah. Arti Injil yang sebenarnya adalah 'kabar baik'. Kabar baik yang dimaksudkan adalah kabar tentang Isa al-Masih, dan apa yang telah Allah lakukan untuk kita melalui Isa, yaitu Allah mengutus Isa untuk wafat dan bangkit lagi supaya kita juga bisa mendapatkan kemuliaan di surga setelah kita meninggal. Itulah arti Injil. Dan arti ini ada di dalam ayat Al-Qur'an berikut ini,

"(Ingatlah), tatkala Allah berfirman: 'Hai Isa, sesungguhnya Aku akan mewafatkanmu, dan mengangkatmu kepada-Ku dan menyucikanmu dari orang-orang yang kafir, dan menjadikan orang-orang yang mengikutimu di atas mereka yang kafir hingga hari kiamat; kemudian kepada Akulah tempatmu kembali, lalu Aku akan memutuskan di antara kamu yang berselisih padanya". (Al-Qur'an 3:55)

Itulah kandungan Injil. Injil artinya kabar baik mengenai jalan atau rahmat yang Allah berikan untuk menyelamatkan kita dari siksa neraka dan untuk membawa kita ke dalam surga.

Abdullah:
Jalan Allah untuk menyelamatkan kita? Aku tak mengerti. Bagaimana ayat ini dikaitkan dengan jalan Allah tersebut?

Isma'il:
Coba kamu pikirkan kata-kata 'menjadikan orang-orang yang mengikuti kamu di atas orang-orang kafir'. Menurutmu siapa yang dibicarakan dalam ayat ini?

Abdullah:
Para pengikut Isa al-Masih?

Isma'il:
Betul. Dan di situ dikatakan bahwa Allah akan meninggikan derajat mereka, tapi ditinggikan ke mana?

Abdullah:
Aku tak tahu.

Isma'il:
Para pengikut Isa dijadikan jauh di atas orang-orang kafir, yaitu orang-orang yang berbuat dosa, Abdullah. Di situ dikatakan para pengikut Isa ini tidak ditempatkan di bawah orang-orang yang berbuat dosa... Tapi, sebelumnya ada tiga hal yang harus dilakukan Allah. Yang pertama, Allah

mewafatkan Isa, yang kedua Allah mengangkat Isa ke surga, dan yang terakhir Allah membuat Isa menang, bukan saja atas orang-orang kafir melainkan juga atas kematian. Jadi, oleh karena tiga hal ini, maka siapa yang percaya dan mengikuti Isa juga akan diberi kemenangan atas kematian dan mereka pun akan masuk ke surga.

Abdullah:
Masuk ke surga? Dari mana kamu tahu mereka masuk surga?

Isma'il:
Baiklah, di dalam ayat tadi berlanjut ketika Allah berfirman,

"Kemudian hanya kepada Akulah kembalimu."
(Al-Qur'an 3:55)

Jadi, menurutmu di mana Allah itu?

Abdullah:
Di surga... Allah ada di surga. Hmm... Ismai'l, kamu tahu bahwa aku selalu memperhatikan hidupmu. Aku lihat kamu begitu peduli pada orang lain...

Isma'il:
Alhamdulillah. Terima kasih atas pujiannya, Abdullah. Senang rasanya kamu menganggapku begitu, tapi kamu harus ingat bahwa Allah sajalah sesungguhnya yang menyayangi kita.

Firman-Nya di dalam Al-Qur'an menyatakan,

"Dia-lah Yang Maha Pengampun lagi Maha Pengasih." (Al-Qur'an 85:14)

Itulah sebabnya mengapa aku belajar untuk peduli terhadap orang lain, karena Allah sudah lebih dahulu sayang terhadap aku... Ngomong-ngomong, dari hal apa kamu menilai aku peduli terhadap orang lain?

Abdullah:
Ya, dua minggu yang lalu kamu mengajakku mengunjungi tetangga kita. Telah berbulan-bulan dia sakit, lalu kamu mendoakannya. Esok paginya, aku bertemu dengannya dan dia sudah sembuh. Waktu kamu mendoakan dia, kamu memintaku menunggu di ruang depan. Apakah yang kamu doakan pada waktu itu?

Isma'il:
Pada waktu itu, aku berdoa kepada Allah. Aku berdoa bukan karena ingin dilihat atau didengarkan orang. Aku berdoa karena aku percaya bahwa Allah akan mendengar dan menjawab doa-doaku. Seperti yang tercantum dalam Al-Qur'an,

"Berdoalah kepada Tuhanmu dengan berendah diri dan suara yang lembut." (Al-Qur'an 7:55)

Abdullah:
Tahukah kamu, aku sesungguhnya cukup terkejut melihat tetangga kita sembuh! Apa yang kamu doakan pada waktu itu?

Isma'il:
Ketika aku berdoa untuk orang yang sakit, aku selalu ingat pada saat Isa al-Masih melakukan berbagai mukjizat, dan salah satu mukjizatnya adalah menyembuhkan orang sakit. Ada satu ayat dalam Al-Qur'an yang menyatakan bahwa Isa,

"... Rasul kepada Bani Israel (yang berkata kepada mereka):

'Sesungguhnya aku telah datang kepadamu dengan membawa sesuatu

tanda (mukjizat) dari Tuhanmu, yaitu aku membuat untuk kamu dari tanah berbentuk burung; kemudian aku meniupnya, maka ia menjadi seekor burung dengan seizin Allah; dan aku menyembuhkan orang yang buta sejak lahirnya dan orang yang berpenyakit sopak; dan aku menghidupkan orang mati dengan seizin Allah; dan aku kabarkan kepadamu apa yang kamu makan dan apa yang kamu simpan di rumahmu. Sesungguhnya pada yang demikian itu adalah suatu tanda (kebenaran kerasulanku) bagimu, jika kamu sungguh-sungguh beriman.'"
(Al-Qur'an 3:49)

Abdullah:
Lalu, mengapa kamu mengingat Isa pada waktu kamu berdoa?

Isma'il:
Mengapa tidak? Allah telah memberikan kuasa dan izin kepada Isa untuk menyembuhkan orang sakit dan di samping itu, Isa dekat dengan Allah.

Karena Isa dekat dengan Allah dan Allah telah memberikan Isa kuasa dan izin untuk menyembuhkan, maka aku dapat berdoa kepada Allah dan meminta agar Allah menyembuhkan orang berdasarkan kuasa yang telah Dia berikan kepada Isa al-Masih.

Abdullah:
Tampaknya aku belum paham hal ini.

Isma'il:
Aku juga tidak paham, tapi kita diperintahkan supaya tidak bersandar kepada pengertian kita sendiri pada waktu kita berdoa. Kita diperintahkan untuk percaya. Ingat kata-kata dalam Al-Qur'an,

"Sesungguhnya pada yang demikian itu adalah suatu tanda (kebenaran kerasulanku) bagimu, jika kamu sungguh-sungguh beriman." Aku percaya bahwa Allah akan menyembuhkan tetangga kita melalui kuasa yang telah Allah berikan kepada Isa dan sebagai hasilnya alhamdulillah tetangga kita tersebut sekarang sembuh! Terbukti, 'kan? Aku ingat, aku pernah membaca kisah Imam al-Ghazali tentang seorang buta yang disembuhkan oleh Isa. Aku yakin orang tersebut tidak mengerti bagaimana ia akan disembuhkan. Dia hanya percaya bahwa Allah akan menyembuhkannya. Jadi, pada waktu Isa berkata kepada orang buta tersebut, 'Ulurkan tanganmu,' orang buta tersebut langsung percaya dan mengulurkan tangannya, maka Allah pun menyembuhkan dia.

Abdullah:
Wah, ini menarik.

Isma'il:
Apanya yang menarik, Abdullah?

Abdullah:
Orang yang Isa sembuhkan tadi telah buta sejak
lahir.

Menurutmu mengapa Isa menyembuhkan orang
yang buta sejak lahir dan bukannya orang yang
buta pada waktu mereka dewasa?

Isma'il:
Aku tidak tahu, Abdullah. Tapi, ini membuatku
mengerti satu hal, yaitu bahwa sesungguhnya kita
telah buta secara ruhaniah sejak Nabi Adam as dan
Siti Hawa berbuat dosa.

Abdullah:
Buta secara ruhaniah?

Isma'il:
Ya, kamu bisa membaca cerita ini di dalam kisah
tentang Nabi Adam 'Alaihissalam dan Siti Hawa,
yaitu setelah mereka berbuat dosa dan kemudian
diusir dari Taman Firdaus. Surah 20:125-126
menceritakan,

*"Berkatalah ia (Adam): 'Ya Tuhanku, mengapa
Engkau menghimpunkan aku dalam keadaan buta,
padahal aku dahulunya adalah seorang yang
melihat?' Allah berfirman: 'Demikianlah, telah
datang kepadamu ayat-ayat Kami, maka kamu*

melupakannya, dan begitu (pula) pada hari ini
kamu pun dilupakan'." (Al-Qur'an 20:125-126)

Abdullah:
Mungkin dalam ayat itu maksudnya adalah bahwa
Nabi Adam as hanya buta secara jasmaniah.

Isma'il:
Tidak, Abdullah, buta dalam ayat itu tentu artinya
buta secara ruhaniah karena lanjutan kisah itu
menceritakan bahwa setiap orang yang berbuat
dosa akan mendapatkan hukuman seperti ini.

"Dan demikianlah Kami membalas orang yang
melampaui batas dan tidak percaya kepada
ayat-ayat Tuhannya. Dan sesungguhnya azab di
akhirat itu lebih berat dan lebih kekal."
(Al-Qur'an 20:127)

Kalau buta dalam ayat itu artinya buta secara
jasmaniah, maka kita semua tentunya akan
mengalami kebutaan jasmaniah, ya kan? Dengan
demikian, buta yang dimaksud di sini adalah buta
di dalam hati kita, Abdullah. Ada satu ayat lagi
yang berbunyi,

"Maka apakah mereka tidak berjalan di muka
bumi, lalu mereka mempunyai hati yang dengan
itu mereka dapat memahami atau mempunyai
telinga yang dengan itu mereka dapat mendengar?
Karena sesungguhnya bukanlah mata itu yang
buta, tetapi yang buta, ialah hati yang di dalam
dada." (Al-Qur'an 22:46)

Tahukah kamu apa yang terjadi dengan orang-orang yang buta secara ruhaniah di dalam hati mereka?

Abdullah:
Aku tak tahu...

Isma'il:
Dalam Al-Qur'an dikatakan,

"Dan barang siapa yang buta (hatinya) di dunia ini, niscaya di akhirat (nanti) ia akan lebih buta (pula) dan lebih tersesat dari jalan (yang benar)." (Al-Qur'an 17:72)

Abdullah:
Wah, masakan begitu! Kalau begitu mengerikan sekali seandainya kita buta di akhirat nanti. Apakah yang harus kita lakukan supaya kita tak buta secara ruhaniah?

Isma'il:
Dalam Al-Qur'an Isa al-Masih mengatakan,

"... aku menyembuhkan orang yang buta sejak dari lahirnya, ..."

(Al-Qur'an 3:49)

Dan kemudian Allah berfirman kepada Isa,

"... kamu menyembuhkan orang yang buta sejak dalam kandungan ibu..." (Al-Qur'an 5:110)

Jadi Abdullah, ini berarti bahwa kita harus percaya kepada Isa sebagai seorang pribadi yang dapat menyembuhkan kebutaan ruhaniah kita.

Abdullah:
Aku punya sebuah buku judulnya 'Kisah Para Nabi'. Ternyata hanya Isa al-Masih yang dapat melakukan berbagai mukjizat khusus.

Isma'il:
Mukjizat seperti apa?

Abdullah:
Misalnya, mampu menghidupkan burung dan membangkitkan orang yang sudah mati.

Isma'il:
Aku percaya bahwa mukjizat-mukjizat yang dilakukan oleh Isa membuktikan bahwa Isa adalah pemberi hidup. Beliau mampu memberikan kehidupan jasmaniah dan ruhaniah. Isa al-Masih adalah kebangkitan dan hidup.

Abdullah:
Apakah maksudmu?

Isma'il:
Menurut Al-Qur'an, pada saat Allah menciptakan manusia

Allah menghembuskan ruh-Nya ke dalam manusia dan karenanya manusia menjadi mahluk yang hidup dengan kemampuan untuk mendengar, melihat, dan merasa. Jadi, kita lihat bagaimana ruh Allah itu mempunyai suatu kuasa untuk menghidupkan. Karena Isa disebut sebagai Ruh Allah di dalam Al-Qur'an, maka berarti Isa mempunyai kuasa untuk menghidupkan, dan karenanya burung yang dibuat dari tanah liat bisa berubah menjadi burung yang sesungguhnya, dan yang mati pun bisa dihidupkan kembali.

Abdullah:
Menurutmu, apakah Isa memang benar-benar telah membangkitkan orang mati dan menghidupkannya? Atau, apakah ayat itu hanya kiasan saja?

Isma'il:
Begini Abdullah, ayat-ayat dalam Al-Qur'an tersebut tidak memberi jawaban yang jelas, jadi menurutku mungkin ayat-ayat tersebut artinya bisa demikian; Isa memang sungguh-sungguh membangkitkan dan menghidupkan orang mati (yang mati secara jasmaniah) dan dia juga menghidupkan orang-orang yang mati secara ruhaniah. Baiklah Abdullah, kalau kamu punya waktu nanti kita bisa ngobrol lebih jauh masalah ini. Maaf ya, ada beberapa yang harus aku lakukan sebelum shalat Maghrib, jadi aku harus pergi sekarang. Apakah kamu akan ke mesjid malam ini?

Abdullah:
Tidak. Tampaknya aku mau shalat di rumah saja bersama keluarga. Kamu tahu aku masih harus mengecek sepeda motorku, bukan. Sudah selesai diperbaiki atau belum.

Isma'il:
Baiklah kalau begitu, sampai nanti ya.

Abdullah:
Oh ya Isma'il, jangan lupa minggu depan ya.
Kamu jadi bergabung dengan aku dan keluargaku
ke kebun binatang bukan? Jangan lupa bawa
kameramu, supaya kita bisa memotret sebanyak
mungkin foto.

Isma'il:
Baiklah. Aku tidak akan lupa, Abdullah.
Assalamu'alaikum.

Abdullah:
Wa'alaikum salam.

Percakapan Tiga
Sarapan

Pada hari Minggu, Abdullah menelepon saya pagi-pagi sekali dan bertanya apakah saya bisa datang ke rumahnya untuk sarapan bersama sebelum kami pergi ke kebun binatang. Saat kami sarapan, Abdullah mengajukan beberapa pertanyaan kepada saya mengenai kasih sayang Allah di dalam Isa al-Masih.

Isma'il:
Alhamdulillah, hari ini adalah hari yang tepat untuk main ke kebun binatang. Cuacanya cerah hari ini, Abdullah.

Abdullah:
Ya, memang bagus, karena terakhir kali sewaktu aku ke sana langitnya mendung. Lalu turun hujan.

Isma'il:
Oh ya, bagaimana sepeda motormu sekarang?

Abdullah:
Sepeda motorku selesai diperbaiki dan aku sudah mengambilnya dari bengkel. Aku kerepotan kalau tak ada sepeda motor. Untunglah sekarang semuanya sudah beres.

Isma'il:
Syukurlah kalau begitu.

Abdullah:
Bagaimana pekerjaanmu?

Isma'il:
Baik-baik saja, tapi komputerku sedikit rusak.
Tetanggaku meminjam laptopku, tapi dia tidak
sadar bahwa USB miliknya rupanya kena virus.
Akibatnya, laptopku hampir rusak total.
Alhamdulillah, aku bisa memperbaikinya.
Virusnya kudeteksi dulu, lalu aku meng-install
kembali beberapa program file.

Abdullah:
Kamu marah pada tetanggamu itu?

Isma'il:
Mengapa aku harus marah? Dia sudah meminta
maaf kok, lagipula laptopku sekarang sudah baik.

Abdullah:
Memang betul, tetapi kamu jadi perlu meluangkan
waktu ekstra untuk memperbaikinya, bukan?
Mudah sekali kamu memaafkan orang yang
hampir merusak laptopmu secara total.

Isma'il:
Abdullah, Allah telah mengampuni dosa-dosaku
dan membuka mata hatiku untuk mengenal
rahmat-Nya melalui Isa al-Masih. Karena Allah
telah mengampuni aku, maka aku juga harus
memaafkan kesalahan teman-temanku, bukan?

Abdullah:
Biasanya orang susah sekali memaafkan kesalahan orang lain. Tetapi, bagimu seperti mudah saja. Mungkin ini karena kamu begitu dekat dengan Allah...

Isma'il:
Alhamdulillah, Abdullah. Aku merasa bahwa aku memiliki hubungan yang dekat dengan Allah, seperti hubungan dengan teman. Aku percaya bahwa Allah mengenalku dengan baik dan karenanya aku juga ingin mengenal Allah.

Abdullah:
Bagaimana caranya kamu bisa memiliki hubungan yang erat dengan Allah, padahal Allah jauh sekali dari kita, bukan?

Isma'il:
Allah tidak jauh, Abdullah. Allah dekat dengan kita. Dalam Al-Qur'an dikatakan,

"Dan sesungguhnya Kami telah menciptakan manusia dan mengetahui apa yang dibisikkan oleh hatinya, dan Kami lebih dekat kepadanya dari pada urat lehernya." (Al-Qur'an 50:16)

Allah dekat dengan kita dan Allah sedang menunggu kita mendengarkan seruan-Nya dan bertaubat kepada-Nya. Dalam ayat yang lain dinyatakan,

"Dan apabila hamba-hamba-Ku bertanya kepadamu tentang Aku, maka (jawablah), bahwasanya Aku adalah dekat. Aku mengabulkan

*permohonan orang yang berdoa apabila ia
memohon kepada-Ku, maka hendaklah mereka itu
memenuhi (segala perintah) Ku dan hendaklah
mereka beriman kepada-Ku, agar mereka selalu
berada dalam kebenaran.*" (Al-Qur'an 2:186)

Tapi Abdullah, meskipun Allah dekat dengan kita,
kita tidak bisa mendekati Allah, karena Allah
Mahasuci sedangkan

kita penuh dosa. Ayat tentang hal ini pernah
kusampaikan kepadamu,

*"Sesungguhnya barang siapa datang kepada
Tuhannya dalam keadaan berdosa, maka
sesungguhnya baginya neraka Jahanam. Ia tidak
mati di dalamnya dan tidak (pula) hidup.*"
(Al-Qur'an 20:74)

Jadi Abdullah, bagaimana kita dapat mendekati
Allah kalau kita penuh dosa?

Abdullah:
Aku tak tahu.

Isma'il:
Kita memerlukan seorang perantara, yaitu satu
sosok pribadi yang suci dan juga dekat kepada
Allah yang dapat datang kepada Allah mewakili
kita. Sosok yang memenuhi syarat seperti ini
hanyalah Isa al-Masih. Isa bukan hanya suci, tapi
beliau juga berada dekat dengan Allah. Al-Qur'an
menyatakan bahwa kedudukan Isa sudah dekat
dengan Allah:

"(Ingatlah), ketika Malaikat berkata: 'Hai Maryam, sesungguhnya Allah menggembirakan kamu (dengan kelahiran seorang putra yang diciptakan) dengan kalimat (yang datang) daripada-Nya, namanya Al Masih Isa putra Maryam, seorang terkemuka di dunia dan di akhirat dan termasuk orang-orang yang didekatkan (kepada Allah)." (Al-Qur'an 3:45)

Jadi Abdullah, karena Isa dekat dengan Allah, maka aku bisa mendekati Allah melalui Isa.

Abdullah:
Tunggu dulu. Kamu berkata bahwa kita harus percaya kepada seorang pribadi yang suci. Bukankah hanya Allah saja yang Mahasuci?

Isma'il:
Ingatkah kamu apa yang dikatakan malaikat Jibril kepada Maryam ketika ia memberitakan kelahiran Isa al-Masih:

"...Sesungguhnya aku ini hanyalah seorang utusan Tuhanmu, untuk memberimu seorang anak laki-laki yang suci." (Al-Qur'an 19:19)

Isa tidak hanya suci sejak lahir, tapi beliau juga tetap suci dan sholeh sepanjang hidupnya. Malaikat Jibril juga berkata,

"Dan dia berbicara dengan manusia dalam buaian dan ketika sudah dewasa dan dia termasuk di antara orang-orang yang saleh." (Al-Qur'an 3:46)

Ruh Allah ada di dalam Isa, itulah sebabnya
mengapa Isa itu suci.

Abdullah:
Baiklah. Mungkin aku setuju kalau Isa dikatakan
sebagai seorang manusia yang suci, tapi apa yang
dapat Isa lakukan terhadap dosa-dosa kita.

Isma'il:
Ada satu ayat dalam Al-Qur'an yang menyatakan,

*"Dan sesungguhnya Isa itu benar-benar
memberikan pengetahuan tentang hari kiamat.
Karena itu janganlah kamu ragu-ragu tentang
kiamat itu dan ikutilah Aku. Inilah jalan yang
lurus." (Al-Qur'an 43:61)* Tahukah kamu hal ini,
Abdullah?

Abdullah:
Ya, aku pernah mendengar ayat ini sebelumnya.

Isma'il:
Apakah kamu percaya bahwa Isa akan datang ke
dunia untuk kedua kalinya?

Abdullah:
Ya, tentu saja aku percaya. Dan aku percaya bahwa
ketika Isa datang nanti dia akan turun dari surga
sebagai seorang hakim yang adil.

Isma'il:
Kalau begitu, anggap saja seseorang melakukan
suatu kejahatan dan setelah itu ia ditangkap dan
dibawa ke pengadilan. Sekarang anggap saja
penjahat itu dengan tulus bertaubat dari perbuatan

jahatnya dan mengakui kejahatannya lalu memohon pengampunan. Apakah sang hakim akan mengampuni dia?

Abdullah:
Mungkin, aku tak tahu.

Isma'il:
Apakah menurutmu sang hakim mempunyai kewenangan untuk mengampuni penjahat tadi?

Abdullah: Ya.

Isma'il:
Lalu, bagaimana kalau penjahat tadi mengenal sang hakim dan dia tahu bahwa sang hakim adalah orang yang pengampun? Kalau begitu menurutmu apakah sang hakim akan mengampuni penjahat ini?

Abdullah:
Mungkin.

Isma'il:
Ah, Abdullah, seandainya kamu percaya bahwa Isa adalah seorang hakim yang benar, maka kamu harus percaya bahwa sebagai seorang hakim, Isa memiliki kuasa untuk mengampuni. Al-Qur'an bahkan menyatakan bahwa Allah telah mengutus

Isa untuk menunjukkan rahmat Allah kepada kita. Dalam AlQur'an dinyatakan,

"Dan agar dapat kami menjadikannya (Isa) suatu tanda bagi manusia dan sebagai rahmat dari

Kami; dan hal itu adalah suatu perkara yang sudah diputuskan." (Al-Qur'an 19:21)

Oleh karena Isa adalah Ruh Allah dan Isa adalah suci dan benar, lalu selain Isa siapa lagi yang lebih baik yang dapat dipakai Allah untuk menunjukkan rahmat-Nya bagi kita?

Abdullah:
Baiklah. Aku pikir aku mulai mengerti apa yang kamu katakan sekarang, tapi aku punya satu pertanyaan lain. Apakah kamu percaya bahwa Allah ada di dalam Isa al-Masih?

Isma'il:
Karena Isa adalah Firman Allah, dan beliau adalah Ruh Allah, maka tentu Allah ada di dalam Isa al-Masih. Ya, kan?

Abdullah:
Tapi, bagiku aneh rasanya bahwa Allah tinggal di dalam diri seorang manusia.

Isma'il:
Mengapa aneh, Abdullah? Tahukah kamu kisah tentang Nabi Musa as, ketika ia naik ke gunung dan melihat semak belukar yang terbakar, lalu berjumpa Allah? Dalam kisah itu dikatakan bahwa Allah ada di dalam semak belukar yang terbakar tadi. Ayat Al-Qur'an menyatakan,

"Maka tatkala Musa sampai ke (tempat) api itu, diserulah dia dari

*(arah) pinggir lembah yang diberkahi, dari
sebatang pohon kayu, yaitu:*

*'Ya Musa, sesungguhnya Aku adalah Ailah, Tuhan
semesta alam…'"*

(Al-Qur'an 28:30)

Ayat yang lain menyatakan,

*"Maka tatkala dia tiba di (tempat) api itu,
diserulah dia: 'Bahwa telah diberkati orang-orang
yang berada di dekat api itu, dan orang-orang
yang berada disekitarnya. Dan Maha Suci Allah,
Tuhan semesta Alam'. (Allah berfirman): 'Hai
Musa, sesungguh Akulah Allah, Yang Maha
Perkasa lagi Maha Bijaksana!'" (Al-Qur'an
27:8-9)*

Abdullah:
Apa arti kisah ini?

Isma'il:
Kalau Allah bisa berada dalam semak belukar
yang terbakar, itu berarti bahwa Allah juga bisa
hadir di berbagai tempat. Karena Allah bisa hadir
dalam semak belukar yang terbakar, maka aku
percaya bahwa bukanlah sesuatu yang mustahil
bagi Allah untuk tinggal di dalam Isa al-Masih.

Abdullah:
Kamu serius?

Isma'il:
Abdullah, Allah dapat melakukan apa saja. Allah memiliki kuasa dan kuasa-Nya tidak terbatas, bukan?

Abdullah:
Ya benar, tapi menurutku Allah tak mungkin tinggal di dalam Isa al-Masih.

Isma'il:
Kita tidak boleh membatasi kuasa Allah. Allah mempunyai cara-Nya tersendiri untuk menunjukkan rahmat dan pengampunan-Nya kepada kita. Dan cara yang Allah lakukan selama ini adalah Allah mengutus Isa al-Masih untuk mati dan bangkit lagi dari kematiannya sebagai Rahmat-Nya supaya kita dapat diterima di sisi Allah.

Abdullah:
Isa al-Masih wafat dan bangkit lagi dengan tujuan supaya kita diterima di sisi Allah? Hmm... ini sesuatu yang baru untukku. Dari mana kamu dapatkan pandangan semacam itu?

Isma'il:
Aku tahu kadang-kadang memang sulit untuk memahami jalan Allah tapi ketahuilah bahwa itulah jalan yang Allah tempuh.

Abdullah:
Tapi selama ini aku diajar bahwa Isa al-Masih tidak meninggal. Tentu kamu tahu apa yang dikatakan dalam Al-Qur'an, *"Dan karena ucapan mereka: 'Sesungguhnya kami telah membunuh Al*

Masih, Isa putra Maryam, Rasul Allah', padahal mereka tidak membunuhnya dan tidak (pula) menyalibnya, tetapi (yang mereka bunuh ialah) orang yang diserupakan dengan Isa bagi mereka. Sesungguhnya orang-orang yang berselisih paham tentang (pembunuhan) Isa, benar-benar dalam keragu-raguan tentang yang dibunuh itu. Mereka tidak mempunyai keyakinan tentang siapa yang dibunuh itu, kecuali mengikuti persangkaan belaka, mereka tidak (pula) yakin bahwa yang mereka bunuh itu adalah Isa." (Al-Qur'an 4:157)

Isma'il:
Aku setuju dengan apa yang dikatakan ayat ini, Abdullah. Tapi terlebih dahulu mari kita lihat siapa yang dimaksud dengan 'mereka' dalam ayat tersebut.

Abdullah:
Orang-orang Yahudi, bukan?

Isma'il:
Kamu benar. Orang-orang Yahudi. Dan aku setuju bahwa orang-orang Yahudi memang tidak membunuh Isa al-Masih. Tahukah kamu siapa yang membunuh Isa al-Masih?

Abdullah:
Tidak. Aku tak tahu.

Isma'il:
Yang membunuh Isa adalah orang-orang Rumawi! Dengan demikian Al-Qur'an memang benar. Orang-orang Yahudi tidak membunuh Isa

al-Masih. Yang membunuh Isa al-Masih adalah orang-orang Rumawi.

Abdullah:
Tunggu dulu... Apa maksudmu?

Isma'il:
Sejarah mengatakan bahwa yang membunuh Isa al-Masih adalah orang-orang Rumawi.

Abdullah:
Tapi aku selama ini diajar bahwa Allah tak mengizinkan para nabinya dibunuh.

Isma'il:
Abdullah, Al-Qur'an tidak pernah mengatakan bahwa Allah tidak mengizinkan para nabi atau utusannya terbunuh. Justru sebenarnya banyak ayat Al-Qur'an yang mengisahkan terbunuhnya para nabi Allah. Sebagai contoh, satu ayat menyatakan,

"Sesungguhnya Allah telah mendengar perkataan orang-orang yang mengatakan: 'Sesungguhnya Allah miskin dan kami kaya'. Kami akan mencatat perkataan mereka itu dan perbuatan mereka membunuh nabi-nabi tanpa alasan yang benar, dan Kami akan mengatakan (kepada mereka): 'Rasakanlah olehmu azab yang membakar,' (Azab) yang demikian itu adalah disebabkan perbuatan tanganmu sendiri, dan bahwasanya Allah sekali-kali tidak menganiaya hamba-hamba-Nya. (Yaitu) orang-orang (Yahudi) yang mengatakan: 'Sesungguhnya Allah telah memerintahkan kepada kami, supaya kami jangan beriman kepada

seseorang rasul, sebelum dia mendatangkan
kepada kami kurban yang dimakan api,'
Katakanlah: 'Sesungguhnya telah datang kepada
kamu beberapa orang rasul sebelumku, membawa
keterangan-keterangan yang nyata dan membawa
apa yang kamu sebutkan, maka mengapa kamu
membunuh mereka jika kamu orang-orang yang
benar?'" (Al-Qur'an 3:181-183)

Abdullah:
Tetapi, aku tak pernah mendengar seorang Muslim
percaya bahwa orang-orang Rumawi membunuh
Isa al-Masih.

Isma'il:
Tidak apa-apa. Tapi, bagaimana kalau aku katakan
bahwa yang mewafatkan Isa al-Masih adalah Allah
sendiri?

Abdullah:
Tak mungkin! Tadi kamu berkata bahwa
orang-orang Rumawilah yang membunuh Isa
al-Masih, lalu sekarang kamu katakan bahwa
Allah-lah yang sebenarnya mewafatkan Isa.
Mengapa kamu berpendapat begitu?

Isma'il:
Begini Abdullah, katakanlah seseorang membunuh
seorang pria menusuknya dengan menggunakan
sebilah pisau. Kita bisa katakan yang membunuh
orang itu adalah pisau atau si pembunuh.
Orang-orang Rumawi tadi seperti sebilah pisau
dalam perumpamaan ini. Aku percaya bahwa
Allah memakai mereka sebagai alat-Nya untuk

mewafatkan Isa al-Masih. Apakah kamu ingat kisah tentang para sahabat Nabi Muhammad yang merayakan kemenangan mereka dalam perang Badaar? Apa yang dikatakan Al-Qur'an mengenai sikap mereka ini?

"Maka (yang sebenarnya) bukan kamu yang membunuh mereka, akan tetapi Allah-lah yang membunuh mereka, dan bukan kamu yang melempar ketika kamu melempar, tetapi Allah-lah yang melempar. (Allah berbuat demikian untuk membinasakan mereka) dan untuk memberi kemenangan kepada orang-orang mukmin, dengan kemenangan yang baik. Sesungguhnya Allah Maha Mendengar lagi Maha Mengetahui." (Al-Qur'an 8:17)

Jadi, menurut ayat ini, siapakah sebenarnya yang telah membunuh musuh-musuh Allah? Allah, atau sahabat Nabi

Muhammad?

Abdullah:
Menurutku kedua-duanya. Tetapi mengapa Allah tega membunuh utusan-Nya sendiri?

Isma'il:
Allah dapat melakukan apa saja. Dalam Al-Qur'an dinyatakan,

"Katakanlah: 'Maka siapakah (gerangan) yang dapat menghalang-halangi kehendak Allah, jika Dia hendak membinasakan Al Masih putra Maryam itu beserta ibunya dan seluruh

orang-orang yang berada di bumi semuanya?'
Kepunyaan Allah-lah kerajaan langit dan bumi
dan apa yang di antara keduanya; Dia
menciptakan apa yang dikehendaki-Nya. Dan
Allah Maha Kuasa atas segala sesuatu."
(Al-Qur'an 5:17)

Abdullah:
Tapi apa tujuan Allah mewafatkan Isa?

Isma'il:
Begini, kita tahu bahwa orang-orang Yahudi ingin
membunuh

Isa dan mereka merencanakan pembunuhan
tersebut, tapi Allah mempunyai tujuan dan
rencana-Nya sendiri. Mengenai rencana ini,
Al-Qur'an menyatakan,

"Orang-orang kafir itu membuat tipu daya, dan
Allah membalas tipu daya mereka itu. Dan Allah
sebaik-baik pembalas tipu daya." (Al-Qur'an
3:54)

Kemudian ayat selanjutnya mengungkapkan
rencana Allah yang sebenarnya,

"(Ingatlah), ketika Allah berfirman: 'Hai Isa,
sesungguhnya Aku akan mewafatkanmu dan
mengangkat kamu kepada-Ku serta membersihkan
kamu dari orang-orang yang kafir, menjadikan
orang-orang yang mengikuti kamu di atas
orang-orang kafir hingga hari kiamat.'"
(Al-Qur'an 3:55)

Abdullah, Allah mempunyai suatu rencana. Rencana-Nya tersebut adalah untuk memberikan Jalan supaya umat manusia dapat diterima di sisi-Nya dan masuk surga.

Abdullah:
Tapi aku belum yakin kalau Al-Qur'an menyatakan bahwa Isa itu meninggal. Bisakah kamu membuktikan bahwa Al-Qur'an memang mengatakan bahwa Isa benar-benar meninggal?

Isma'il:
Aku tidak bisa membuktikannya, kecuali kita memiliki saksi-saksi. Nah, sekarang kita perlu mengadakan penyelidikan untuk menemukan saksi-saksi tersebut.

Abdullah:
Hmm... kedengarannya seperti sedang menonton film detektif... dan kita sedang berusaha mencari kebenaran.

Isma'il:
Kamu benar, Abdullah. Itulah sebabnya mari kita cari tahu, apakah Isa al-Masih meninggal dan bangkit lagi. Mari kita mulai dengan satu ayat yang kamu sebutkan tadi. Ayat itu berbunyi,

"Dan karena ucapan mereka: 'Sesungguhnya kami telah membunuh Al Masih, Isa putra Maryam, Rasul Allah', padahal mereka tidak membunuhnya dan tidak (pula) menyalibnya, tetapi (yang mereka bunuh ialah) orang yang diserupakan dengan Isa bagi mereka. Sesungguhnya orang-orang yang berselisih paham

tentang (pembunuhan) Isa, benar-benar dalam
keragu-raguan tentang yang dibunuh itu. Mereka
tidak mempunyai keyakinan tentang siapa yang
dibunuh itu, kecuali mengikuti persangkaan
belaka, mereka tidak (pula) yakin bahwa yang
mereka bunuh itu adalah Isa." (Al-Qur'an 4:157)

Abdullah, aku bertanya kepadamu, menurut ayat
ini apa tanggapanmu mengenai kematian Isa,
apakah beliau dibunuh atau tidak?

Abdullah: Tidak.

Isma'il:
Mengapa tidak?

Abdullah:
Karena mereka yang disebutkan di dalam ayat ini
ragu-ragu mengenai apa yang terjadi; mereka tak
yakin tentang apa yang terjadi sebenarnya. Jadi,
mereka hanya semata-mata berprasangka dalam
memahami kejadian itu. Mereka tak yakin apakah
orang-orang itu sebenarnya membunuh Isa atau
tidak. Jadi, menurut ayat ini aku tak bisa
menyimpulkan apakah Isa wafat atau tidak.

Isma'il:
Hmm... katakanlah kita sedang menonton film
detektif seperti yang kamu katakan tadi ya. Dan
seseorang telah terbunuh. Menurutmu, bagaimana
cara sang detektif bisa membuktikan siapa
pembunuhnya? Setelah ia melakukan
penyeledikan, ia akan membawa kasus
pembunuhan ini ke pengadilan, bukan? Tapi,

bahkan di pengadilan pun ia masih belum dapat membuktikan kebenaran mengenai pembunuhan ini kalau dia tidak memiliki saksi dan tidak ada orang yang mau mengakui pembunuhan tersebut.

Abdullah:
Kamu betul. Kita memerlukan saksi. Tapi, siapa saksi-saksi yang dapat membuktikan bahwa Isa telah mati?

Isma'il:
Pertanyaanmu bagus, Abdullah. Kita memerlukan dua orang saksi, dan saksi-saksi tersebut adalah Isa al-Masih dan Nabi Muhammad! Kita harus mencari tahu apa yang mereka katakan mengenai hal ini.

Abdullah:
Maksudmu, apa yang dikatakan oleh Nabi Isa dan Nabi

Muhammad?

Isma'il:
Ya! Aku akan menunjukkan kepadamu ayat-ayat dan pernyataan yang disampaikan oleh Isa al-Masih serta Nabi Muhammad. Yang pertama, Isa memberi pernyataan. Beliau berkata:

"Dan kesejahteraan semoga dilimpahkan kepadaku, pada hari aku dilahirkan, pada hari aku meninggal dan pada hari aku dibangkitkan hidup kembali." (Al-Qur'an 19:33)

Kemudian Nabi Muhammad memberi pernyataannya dalam ayat berikut.

"Itulah Isa putra Maryam, yang mengatakan perkataan yang benar, yang mereka berbantah-bantahan tentang kebenarannya." *(Al-Qur'an 19:34)*

Kalau kita perhatikan ayat yang kedua, maka kita akan mendapati bahwa Nabi Muhammad setuju dengan pernyataan Isa dalam ayat yang pertama, yaitu bahwa Isa telah lahir, Isa telah meninggal, dan Isa telah bangkit lagi dari kematian.

Abdullah:
Tapi Isma'il, dalam ayat itu Isa tak berkata bahwa dia 'telah meninggal'. Dia berkata, 'meninggal'.

Isma'il:
Tentu saja beliau memakai kata 'meninggal' dan bukan 'telah meninggal'. Pada saat beliau mengatakannya, beliau masih dalam keadaan hidup. Bagaimana mungkin orang yang masih hidup akan berkata, 'aku telah meninggal'?

Abdullah:
Hmm... Kamu memang benar. Tak terpikir olehku sebelumnya.

Isma'il:
Begini Abdullah, apa yang dikatakan Nabi Muhammad mengenai perkataan Isa? Beliau berkata, 'Isa mengatakan perkataan yang benar.' Aku percaya bahwa pada waktu itu Nabi

Muhammad hendak mengatakan, 'Dengarkanlah aku.

Janganlah kamu berbantah-bantahan mengenai kematian Isa lagi karena Isa telah meninggal dan dibangkitkan dari kematian!' Jadi Abdullah, sekarang kamu lihat bahwa semuanya menjadi jelas dengan adanya keterangan dari ayat-ayat tadi.

Abdullah:
Ya, aku ingat pada waktu aku sekolah di madrasah, aku belajar tentang sifat Nabi Muhammad; aku percaya bahwa beliau seorang pribadi yang dapat dipercaya serta jujur.

Isma'il:
Ya betul. Sebab kalau kita tidak percaya bahwa Isa telah meninggal dan bangkit lagi, itu artinya bahwa kita menyangkal ucapan Nabi Muhammad dalam ayat ini.

Abdullah:
Banyak hal yang belum aku pahami mengenai Isa al-Masih. Walaupun kamu bicara panjang lebar mengenai Isa al-Masih, bagiku dia tetap merupakan suatu misteri. Siapa dia yang sebenarnya?

Isma'il:
Abdullah, jangan khawatir kalau kamu belum paham. Pada saat Isa al-Masih datang lagi untuk yang kedua kali, beliau tidak akan mencari orang yang memahaminya, tapi yang dicari oleh beliau adalah orang-orang yang percaya kepada beliau pribadi. Seperti yang tercantum dalam Al-Qur'an,

"Tetapi (yang sebenarnya), Allah telah mengangkat Isa kepada-Nya. Dan adalah Allah Maha Perkasa lagi Maha Bijaksana. Tidak ada seorang pun dari Ahli Kitab, kecuali akan beriman kepadanya (Isa) sebelum kematiannya. Dan di hari Kiamat nanti Isa itu akan menjadi saksi terhadap mereka." (Al-Qur'an 4:158-159).

Abdullah:
Baiklah Isma'il, banyak hal tentang Isa al-Masih yang masih ingin kutanyakan, tapi sekarang sudah waktunya kita berangkat ke kebun binatang.

Percakapan Empat
Kebun Binatang

Di kebun binatang, kami senang sekali melihat-lihat banyak jenis binatang. Tidak lupa kami banyak memotret binatang-binatang yang unik. Setelah beberapa saat, kami istirahat di bawah pohon sambil melihat anak-anak Abdullah yang sedang bermain-main.

Abdullah:
Aku senang sekali melihat-lihat semua binatang yang ada, khususnya harimau. Bulu-bulu mereka indah sekali. Aku ingin bisa menyentuhnya, tapi aku sadar itu tak mungkin kulakukan karena harimau binatang liar. Kalau kusentuh mereka, tentu mereka akan menyerangku.

Isma'il:
Ya, jangan sekali-kali mencobanya. Pada jaman dulu binatang-binatang itu jinak. Tapi, setelah Nabi Adam as dan Siti Hawa berbuat dosa, Allah membuat mereka menjadi liar seperti sekarang.

Abdullah:
Sayang sekali, ya.

Isma'il:
Kamu bisa lihat, manusia pun kadang-kadang tidak jauh berbeda dari binatang, mereka membunuh sesamanya dan melakukan berbagai perbuatan jahat.

Abdullah:
Apakah menurutmu Nabi Adam as dan Siti Hawa berbuat kesalahan, sehingga sebagai akibatnya manusia sekarang pun berbuat dosa juga?

Isma'il:
Ya, coba kamu pikirkan tentang hal itu, Abdullah. Nabi Adam as dan Siti Hawa telah berbuat dosa, kemudian anak-anak mereka pun berbuat dosa dan bahkan keturunan-keturunan mereka berbuat dosa pula. Kita dapat membaca tentang apa yang terjadi dengan mereka dalam Al-Qur'an. Begini bunyi ayatnya,

"Dan Kami berfirman: 'Hai Adam diamilah oleh kamu dan istrimu surga ini, dan makanlah makanan-makanan yang banyak lagi baik di mana saja yang kamu sukai, dan janganlah kamu dekati pohon ini, yang menyebabkan kamu termasuk orang-orang yang lalim.'" (Al-Qur'an 2:35)

Allah memberi mereka kebebasan untuk melakukan apa saja kecuali satu hal, yaitu mendekati sebatang pohon yang telah Allah larang. Tapi, tahukah kamu apa yang mereka lakukan?

Abdullah:
Mereka melanggar perintah Allah?

Isma'il:
Kamu benar! Dalam Al-Qur'an dikatakan,

"Dan sesungguhnya telah Kami perintahkan kepada Adam dahulu, maka ia lupa (akan perintah itu), dan tidak Kami dapati padanya kemauan yang kuat." (Al-Qur'an 20:115)

Dan tahukah kamu apa yang terjadi setelah itu? Ayat berikutnya menyatakan,

"Maka keduanya memakan dari buah pohon itu, lalu nampaklah bagi keduanya aurat-auratnya dan mulailah keduanya menutupinya dengan daun-daun (yang ada di) surga, dan durhakalah Adam kepada Tuhan dan sesatlah ia." (Al-Qur'an 20:121)

Ayat-ayat ini menyatakan bahwa Nabi Adam as dan Siti Hawa lebih memilih untuk mengikuti rayuan iblis daripada menaati Allah. Aku yakin Allah murka ketika Ia tahu bahwa Nabi Adam as dan Siti Hawa lebih menaati iblis daripada menaati Dia. Al-Qur'an menyatakan,

"Kemudian setan membisikkan pikiran jahat kepadanya, dengan berkata: 'Hai Adam, maukah saya tunjukkan kepada kamu pohon khuldi dan kerajaan yang tidak akan binasa?'" (Al-Qur'an 20:120)

Abdullah:
Wah, kelihatannya iblis telah menjanjikan dunia ini kepada Nabi Adam as dan Siti Hawa. Aku tak heran mengapa mereka menaati iblis.

Isma'il:
Ya, tapi Allah telah memperingatkan mereka bahwa iblis adalah musuh mereka. Al-Qur'an menyatakan,

"Maka Kami berkata: 'Hai Adam, sesungguhnya ini (iblis) adalah musuh bagimu dan bagi istrimu, maka sekali-kali janganlah sampai ia mengeluarkan kamu berdua dari surga, yang menyebabkan kamu menjadi celaka." (Al-Qur'an 20:117)

Abdullah:
Kalau begitu, Nabi Adam as dan Siti Hawa dalam masalah besar, ya?

Isma'il:
Bukan hanya Nabi Adam as dan Siti Hawa, tetapi anak-anak mereka juga dalam masalah besar. Al-Qur'an menyatakan,

"Ceritakanlah kepada mereka kisah kedua putra Adam (Habil dan Kabil) menurut yang sebenarnya, ketika keduanya mempersembahkan kurban, maka diterima dari salah seorang dari mereka berdua (Habil) dan tidak diterima dari yang lain (Kabil): 'Aku pasti membunuhmu!' Berkata Habil: 'Sesungguhnya Allah hanya menerima (kurban) dari orang-orang yang bertakwa.'" (Al-Qur'an 5:27)

Dan di ayat-ayat berikut kamu bisa temukan beberapa hal mengenai keadaan anak-anak Nabi Adam as dan Siti Hawa,

"Maka hawa nafsu Kabil menjadikannya menganggap mudah membunuh saudaranya, sebab itu dibunuhnyalah, maka jadilah ia seorang di antara orang-orang yang merugi." (Al-Qur'an 5:30)

Sejak saat itu, seperti yang tertulis dalam Al-Qur'an, semua manusia adalah mahkluk yang berdosa. Tertulis dalam Al-Qur'an,

"Sesungguhnya manusia itu, sangat lalim dan sangat mengingkari (nikmat

Allah)." (Al-Qur'an 14:34)

Tertulis juga dalam ayat lain,

"Sesungguhnya manusia itu amat lalim dan amat bodoh."

(Al-Qur'an 33:72)

Nah, Abdullah, kamu tahu sekarang bahwa semua manusia, bukan hanya sebagian manusia, adalah mahkluk yang berdosa.

Abdullah:
Ya, kita hanya manusia, bukan. Kadang-kadang sebagai manusia kita berbuat khilaf.

Isma'il:
Tapi Abdullah, kesalahan yang kita lakukan bukanlah kesalahan kecil. Kita sebagai manusia sama buruknya dengan Nabi Adam as dan Siti Hawa karena kita sering memilih untuk ingkar

kepada Allah dan melakukan hal-hal yang dilarang Allah.

Abdullah:
Baiklah, memang mungkin kadang-kadang kita ingin mengingkari Allah. Tapi, apakah kamu tak berpendapat bahwa Allah masih sayang terhadap Nabi Adam as dan Siti Hawa? Di samping itu, bukankah Allah sudah mengampuni dosa-dosa mereka?

Isma'il:
Ya betul, Dia memang menyayangi mereka dan berjanji untuk mengampuni mereka. Tapi, dengan satu syarat, yaitu mereka harus menaati peraturan-peraturan-Nya.

Abdullah:
Peraturan-peraturan? Peraturan-peraturan apa?

Isma'il:
Dalam Al-Qur'an dinyatakan,

"Kemudian Tuhannya memilihnya maka Dia menerima taubatnya dan memberinya petunjuk."(Al-Qur'an 20:122)

Tahukah kamu apa petunjuk Allah itu, Abdullah?

Abdullah:
Aku tak begitu tahu.

Isma'il:
Dalam Al-Qur'an dinyatakan,

"Dan Kami iringkan jejak mereka (nabi-nabi Bani Israel) dengan Isa putra Maryam, membenarkan kitab yang sebelumnya, yaitu: Taurat. Dan Kami telah memberikan kepadanya Kitab Injil sedang di dalamnya (ada) petunjuk dan cahaya (yang menerangi), dan membenarkan kitab yang sebelumnya, yaitu Kitab Taurat. Dan menjadi petunjuk serta pengajaran untuk orang-orang yang bertakwa." (Al-Qur'an 5:46)

Abdullah:
Apa maksudmu, Isma'il?

Isma'il:
Begini, setelah Nabi Adam as dan Siti Hawa berbuat dosa, Allah mengampuni mereka dengan satu syarat. Syarat tersebut adalah bahwa mereka harus mengikuti petunjuk Allah. Allah juga berjanji kepada mereka bahwa barangsiapa mengikuti petunjuk-Nya niscaya tidak akan merasa takut atau khawatir. Seperti yang dinyatakan

dalam Al-Qur'an,

"Kami berfirman: 'Turunlah kamu semua dari surga itu! Kemudian jika datang petunjuk-Ku kepadamu, maka barang siapa yang mengikuti petunjuk-Ku, niscaya tidak ada kekhawatiran atas mereka, dan tidak (pula) mereka bersedih hati.'" (Al-Qur'an 2:38)

Selanjutnya dinyatakan bahwa Kitab

Suci Injil adalah petunjuk dan cahaya. Artinya, kita harus mengikuti petunjuk Allah, yaitu Kitab Suci Injil. Dengan demikian, apabila kita mengikuti ajaran Injil, maka Allah akan menjauhkan kita dari rasa takut.

Abdullah:
Hmm... Ada satu hal yang tak aku mengerti, mengapa Allah mengutus Isa.

Isma'il:
Abdullah, Allah mengutus Isa untuk membenarkan Kebenaran dan membawa Petunjuk serta Cahaya Allah. Kebenaran itu adalah bahwa kita merupakan mahkluk yang berdosa dan karena itu kita takut terhadap akibat-akibat dari perbuatan dosa kita dan terhadap siksaan-siksaan yang akan kita terima di akhirat kelak. Tapi, Allah telah memberikan Rahmat dan Pengampunan-Nya kepada kita supaya kita tidak mengalami siksaan karena dosa-dosa kita. Allah telah mengaruniakan Isa al-Masih untuk menunjukkan Rahmat-Nya kepada kita. Allah melakukan itu supaya kita tidak perlu merasa takut lagi tentang apa yang akan terjadi setelah kita meninggal nanti.

Abdullah:
Tapi Isma'il, aku belum memahami mengapa Allah mengutus Isa untuk menunjukkan Rahmat-Nya. Apa hubungan antara Isa al-Masih dengan Rahmat Allah?

Isma'il:
Abdullah, Allah mengutus Isa al-Masih sebagai
kurban yang agung bagi dosa-dosa kita, untuk
menyelamatkan kita dari siksaan neraka Jahanam.

Abdullah:
Hmm... Aku tak paham...

Isma'il:
Tidak apa-apa, Abdullah. Pada waktu aku
merenungkan tentang Allah, ada hal-hal yang tidak
kupahami juga. Tapi, menurut ajaran Al-Qur'an,
kita dilarang mengandalkan pemahaman kita.
Sebaliknya, kita justru diperintahkan untuk
bersandar kepada iman kita. Abdullah, pada saat
membaca Al-Qur'an, pernahkah kamu perhatikan
berapa banyak ayat-ayat yang dimulai dengan
kata-kata, 'Hai orang-orang yang beriman...'?
Dalam Al-Qur'an tidak dikatakan, 'Hai
orang-orang yang memahami...'

Abdullah:
Ya, aku tahu. Aku sudah menghafal ayat-ayat ini...
Aku pun seorang yang beriman. Tapi, apa
sebetulnya yang ingin kamu sampaikan?

Isma'il:
Yang ingin kukatakan adalah begini, kalau kita
renungkan dari mana asal kita, maka tentu saja
sebagian besar orang akan takut pada kematian,
dan tahukah kamu mengapa? Karena mereka tidak
sungguh-sungguh beriman kepada wahyu Allah.
Dan karena mereka tidak beriman, maka mereka
tidak memiliki harapan, sebab mereka tidak tahu

apa yang akan terjadi kelak setelah mereka meninggal. Dengan demikian, mereka takut pada apa yang akan mereka alami pada Hari Kiamat.

Abdullah:
Baiklah, lalu bagaimana kamu tahu tentang apa yang akan terjadi pada Hari Kiamat?

Isma'il:
Tentunya aku juga tidak tahu apa apa yang akan terjadi denganku, kecuali ada orang lain yang memberitahukannya kepadaku. Tapi, aku sudah mengenal seseorang yang tahu apa sesungguhnya yang akan terjadi nanti pada waktu Hari Kiamat.

Abdullah:
Apa maksudmu?

Isma'il:
Baiklah, aku akan berikan suatu perumpamaan supaya kamu mengerti maksudku. Katakanlah, kamu berencana untuk pergi ke suatu kota di negara lain. Kota itu terletak di suatu negara yang belum pernah kamu kunjungi. Menurutku, kamu tentu tidak akan pergi ke sana kalau kamu tidak punya kenalan yang tinggal di kota tersebut, bukan? Kira-kira mengapa begitu?

Abdullah:
Menurutku karena aku bisa saja tersesat di sana, sebab aku tak tahu jalan-jalan di sana dan bagaimana caranya pergi ke tempat-tempat yang ingin kukunjungi. Tapi, aku bisa membeli peta dan mencari tahu bagaimana cara pergi ke tempat-tempat itu, bukan?

Isma'il:
Ya, tapi kamu sependapat denganku 'kan kalau aku berkata bahwa informasi yang ada di peta itu dibuat oleh orang yang pernah pergi ke kota tersebut sebelumnya?

Abdullah:
Ya, kamu mungkin benar.

Isma'il:
Nah, sekarang kamu mengerti 'kan bahwa kamu memerlukan seseorang yang dapat memberitahukan kepadamu tempat-tempat yang ingin kamu kunjungi dan bagaimana caranya untuk bisa sampai di berbagai tempat tersebut?

Abdullah: Ya.

Isma'il:
Jadi, kalau kamu mengenal seorang saja di tempat yang hendak kamu kunjungi, atau mengenal seseorang yang pernah pergi ke sana sebelumnya dan dapat memberitahukan kepadamu tempat-tempat yang bisa kamu kunjungi serta bagaimana cara pergi ke sana, maka kamu tidak perlu khawatir akan tersesat.

Abdullah:
Tapi, kadang-kadang rasanya lebih menyenangkan dan penuh petualangan kalau kita tak tahu persis tempat-tempat yang hendak kita tuju. Siapa tahu banyak hal menarik yang bisa kita ceritakan kepada orang lain nanti setelah kita pergi ke sana.

Isma'il:

Baik, memang yang kamu katakan mungkin benar, khususnya apabila kamu sedang berada dalam suatu perjalanan. Tapi, yang hendak kita tuju ini adalah kehidupan setelah kita meninggal! Apakah kamu mau mengambil risiko dan terjebak di tempat yang salah?

Abdullah:

Betul juga apa yang kamu katakan itu, Isma'il.

Isma'il:

Padahal, seperti yang kukatakan kepadamu, kebanyakan orang takut mati dan takut menghadapi Hari Kiamat kelak karena mereka tidak tahu apa yang akan terjadi dengan mereka setelah mereka mati, dan karena mereka takut mendapat hukuman.

Abdullah:

Tapi, ada sebagian orang yang berkata bahwa mereka tak peduli apa yang akan terjadi dengan mereka setelah mereka mati. Mereka berkata bahwa tak seorang pun yang tahu apa yang akan terjadi dengan mereka setelah mati.

Isma'il:

Oh, itu kedengarannya seperti orang-orang yang ada dalam ceritaku tadi. Mereka hendak pergi ke suatu kota di negara lain, tapi mereka tidak tahu ke mana mereka akan pergi, mereka juga tidak tahu apa yang akan terjadi dengan mereka setelah sampai di sana. Aku yakin mereka pasti akan tersesat.

Abdullah:
Bagaimana kamu sendiri, Isma'il?

Isma'il:
Aku tidak mengkhawatirkan apa yang akan terjadi
denganku pada waktu aku mati nanti, dan aku pun
tidak takut pula menghadapi apa yang akan terjadi
denganku pada Hari Kiamat maupun di akhirat
kelak.

Abdullah:
Mengapa kamu berkata begitu? Kedengarannya
sangat takabur alias sombong. Di samping itu, tak
seorang pun tahu apa yang akan terjadi setelah
mereka mati. Hanya Allah sajalah yang tahu.

Isma'il:
Abdullah, aku tidak takabur. Aku mempunyai
jaminan dan aku bisa dengan tenang menghadapi
apa yang akan terjadi denganku setelah aku
meninggal, dan semua itu tidak didasarkan atas
khayalanku semata, melainkan karena Isa
al-Masih. Firman Allah dalam Al-Qur'an
menyatakan,

*"(Ingatlah), ketika Malaikat berkata: "Hai
Maryam, sesungguhnya Allah menggembirakan
kamu (dengan kelahiran seorang putra yang
diciptakan) dengan kalimat (yang datang)
daripada-Nya, namanya Al Masih Isa putra
Maryam, seorang terkemuka di dunia dan di
akhirat dan termasuk orang-orang yang
didekatkan (kepada Allah)." (Al-Qur'an 3:45).*

Abdullah:
Apa yang dapat Isa lakukan untuk menolongku?

Isma'il:
Beliau dapat melakukan hal-hal seperti di contoh ceritaku tadi. Kalau aku pergi ke suatu kota di negara lain yang belum pernah kukunjungi, mungkin aku akan tersesat kalau aku tidak punya kenalan di sana. Nah, aku sudah kenal seseorang yang sekarang ada di akhirat. Alhamdulillah, aku mengenal Isa al-Masih, seorang terkemuka di dunia dan di akhirat dan termasuk orang-orang yang didekatkan (kepada Allah). Jadi, pada waktu aku mati aku tidak akan tersesat.

Abdullah:
Lalu bagaimana dengan Hari Kiamat? Kamu tidak takut kepada Hari Kiamat?

Isma'il:
Mengapa harus takut? Aku tahu bahwa Isa al-Masih telah diutus Allah, dan Isa mengetahui apa yang akan terjadi pada Hari Kiamat. Dalam Al-Qur'an dinyatakan,

"Dan sesungguhnya Isa itu benar-benar memberikan pengetahuan tentang hari kiamat. Karena itu janganlah kamu ragu-ragu tentang kiamat itu dan ikutilah Aku. Inilah jalan yang lurus." (Al-Qur'an 43:61) Karena aku sudah percaya dan mengikuti Isa al-Masih sebagai Rahmat Allah, maka aku tidak perlu merasa khawatir lagi mengenai Hari Kiamat.

Abdullah:
Aku percaya bahwa Isa al-Masih akan datang lagi ke dunia untuk yang kedua kali.

Isma'il:
Banyak umat Muslim yang percaya akan hal itu dan aku pun mempercayainya. Dapatkah kamu bayangkan saat Isa al-Masih datang kembali ke dunia ini suatu hari kelak? Berjuta-juta orang akan melihatnya. Aku yakin banyak orang yang akan berpura-pura, seakan-akan mereka ingin sekali bertemu dengan beliau, tetapi Isa al-Masih tahu persis siapa-siapa saja pengikutnya yang sejati.

Abdullah:
Apa maksudmu, dia akan mengenali siapa-siapa yang sungguh-sungguh mengikuti dia? Maksudmu orang-orang Nasrani, bukan?

Isma'il:
Bukan, Abdullah. Maksudku adalah setiap orang yang telah percaya dan mengikuti Isa, tak peduli apa pun agama mereka. Isa tidak memerintahkan orang untuk menjadi orang Nasrani. Isa bersabda,

" 'Sesungguhnya aku datang kepadamu dengan membawa hikmat dan untuk menjelaskan kepadamu sebagian dari apa yang kamu berselisih tentangnya, maka bertakwalah kepada Allah dan taatlah (kepada) ku.' Sesungguhnya Allah Dia-lah Tuhanku dan Tuhan kamu, maka sembahlah Dia, ini adalah jalan yang lurus." (Al-Qur'an 43:63-64)

Abdullah:
Tapi mengapa kamu berkata Isa tak peduli apa pun
agama pengikutnya? Tadinya aku kira hanya
orang-orang Nasrani sajalah yang menjadi
pengikut Isa al-Masih.

Isma'il:
Sebagian orang memang lahir dalam keluarga
Nasrani dan mereka disebut Nasrani karena
keluarga mereka adalah keluarga Nasrani, tapi
tidak berarti bahwa mereka sungguh-sungguh
percaya kepada Isa dan mengikuti Isa al-Masih.
Percuma saja mereka disebut orang Nasrani,
karena kelak di Hari Kiamat sebutan tersebut tidak
ada artinya apabila mereka tidak percaya kepada
Isa secara pribadi dan mengikuti beliau.

Juga apabila mereka tidak tahu bahwa Isa adalah
Rahmat Allah.

Abdullah:
Jadi, maksudmu tak semua orang Nasrani
termasuk orang yang beriman? Lalu, bagaimana
aku bisa membedakan antara orang Nasrani yang
sungguh-sungguh beriman dan mengikuti Isa
al-Masih dengan yang bukan?

Isma'il:
Seorang Nasrani yang sejati percaya bahwa Allah
telah menyelamatkan mereka dari siksa neraka
karena dosa-dosa mereka dengan memberikan
kurban agung: kematian Isa al-Masih. Dengan
demikian mereka percaya bahwa hanya karena
Rahmat dan Pengampunan Allah saja mereka telah

diampuni dan menjadi orang yang benar, bukan oleh karena amal sholeh mereka. Hal ini dinyatakan dalam Al-Qur'an,

"Dia (Allah) adalah Tuhan Yang patut (kita) bertakwa kepada-Nya dan berhak memberi ampun." (Al-Qur'an 74:56)

Mereka percaya bahwa Allah telah menghidupkan mereka

secara ruhaniah melalui Isa al-Masih. Aku ingat pernah membaca suatu bacaan yang mengutip perkataan Isa al-Masih, 'Barang siapa yang tidak lahir kembali tidak akan memasuki surga.'

Abdullah:
Bagaimana caranya kamu bisa mengetahui semua itu?

Isma'il:
Walaupun kita hidup di lingkungan warga Muslim dan kebanyakan teman kita adalah umat Muslim, sebagian teman kerjaku adalah pemeluk agama lain. Aku punya teman kerja yang beragama Hindu dan Budha. Ada juga beberapa orang Nasrani. Mereka selalu baik dan menghormati aku meskipun mereka tahu aku beragama Islam. Jadi, kadang-kadang pada waktu kami ngobrol yang diobrolkan bukan hanya masalah pekerjaan, tapi juga masalah bisnis, politik, bahkan kadang-kadang masalah kehidupan ruhani. Sesungguhnya, tidak ada salahnya 'kan jika kita umat Muslim bertukar pikiran dengan mereka tentang kepercayaan mereka. Dalam Al-Qur'an

Allah memerintahkan Nabi Muhammad untuk bertanya kepada ahli kitab kalau beliau mempunyai pertanyaan mengenai apa-apa yang sudah Allah turunkan. Dalam Al-Qur'an dikatakan,

"Maka jika kamu (Muhammad) berada dalam keragu-raguan tentang apa yang Kami turunkan kepadamu, maka tanyakanlah kepada orang-orang yang membaca kitab sebelum kamu. Sesungguhnya telah datang kebenaran kepadamu dari Tuhanmu, sebab itu janganlah sekali-kali kamu termasuk orang-orang yang ragu-ragu." (Al-Qur'an 10:94)

Abdullah:
Satu hal yang tak pernah kupahami tentang orang Nasrani adalah mengapa mereka menyembah tiga tuhan.

Isma'il:
Apa maksudmu dengan mengatakan bahwa mereka menyembah tiga tuhan?

Abdullah:
Aku selalu diajar bahwa orang-orang Nasrani mengimani tiga tuhan: Allah, Isa dan Maryam.

Isma'il:
Aku tidak kaget kamu berkata seperti itu, Abdullah. Aku juga dulu berpendapat demikian. Sampai akhirnya pada suatu kali aku bertemu dengan beberapa orang Nasrani dan menanyakan hal itu kepada mereka. Mereka berkata bahwa orang-orang Nasrani percaya kepada Allah, Isa, dan Ruhul Qudus, bukan Maryam.

Abdullah:
Apa maksudmu? Bagiku kedengarannya mereka
masih menyembah tiga tuhan.

Isma'il:
Begini, mereka berkata bahwa orang-orang
Nasrani beriman kepada satu Tuhan, yaitu Allah.
Akan tetapi, pada jaman kerasulan Nabi
Muhammad ada beberapa golongan orang Nasrani
yang sesat. Mereka percaya bahwa Siti Maryam
adalah seorang Dewi. Dari perkataan teman-teman
Nasraniku, aku yakin mereka hanya beriman
kepada Allah, sama seperti halnya kita umat
Muslim hanya beriman kepada Allah.

Abdullah:
Lalu, apa maksud mereka percaya kepada Allah,
Isa, dan Ruhul Qudus?

Isma'il:
Begini Abdullah, apa maksud kita pada waktu kita
mengucapkan 'Bismillahir rahmanir rahim:'
dengan menyebut asma Allah, Yang Maha
Pengasih, lagi Maha Penyayang. Apakah kita
mengatakan bahwa Allah, Yang Maha Pengasih
dan Yang Maha Penyayang adalah tiga tuhan yang
berbeda?

Abdullah:
Tidak! Allah Mahaesa!

Isma'il:
Ya. Lalu, di dalam Asmaul husna, waktu kita
menyebutkan sembilan puluh sembilan asma

Allah, apakah itu artinya kita menyembah sembilan puluh sembilan tuhan?

Abdullah: Satu!

Isma'il:
Betul, Abdullah. Itulah sebabnya kita harus belajar tentang iman orang lain sebelum kita memberi penilaian tentang mereka. Sebab kalau tidak, kita akan menarik kesimpulan yang keliru tentang apa yang mereka percayai.

Abdullah:
Tapi, aku pernah mendengar bahwa banyak ayat dalam Al-Qur'an mengatakan sesungguhnya orang-orang Nasrani itu adalah orang-orang yang jahat dan buruk perilakunya.

Isma'il:
Menurutku ayat-ayat tersebut hanya mengatakan bahwa sebagian dari ahli kitab itu ada yang jahat, jadi tidak semuanya jahat. Dalam Al-Qur'an dinyatakan,

"Mereka itu tidak sama; di antara Ahli Kitab itu ada golongan yang berlaku lurus, mereka membaca ayat-ayat Allah pada beberapa waktu di malam hari, sedang mereka juga bersujud (sembahyang)." (Al-Qur'an 3:113)

Ada juga ayat lain yang mengatakan,

"Dan sesungguhnya di antara ahli kitab ada orang yang beriman kepada Allah dan kepada apa yang diturunkan kepada kamu dan yang

diturunkan kepada mereka sedang mereka
berendah hati kepada Allah dan mereka tidak
menukarkan ayat-ayat Allah dengan harga yang
sedikit. Mereka memperoleh pahala di sisi
Tuhan-nya. Sesungguhnya Allah amat cepat
perhitungan-Nya." (Al-Qur'an 3:199)

Abdullah:
Kalau begitu, pada saat kamu berbincang-bincang
mengenai agama dengan rekan-rekan kerjamu, apa
yang terjadi saat kalian tak sependapat tentang
suatu permasalahan? Apakah kamu marah dan
sebal terhadap mereka?

Isma'il:
Tidak, Abdullah. Kita tidak boleh seperti itu.
Al-Qur'an memerintahkan bahwa kita harus ramah
terhadap mereka. Firman Allah dalam Al-Qur'an
menyatakan,

"Dan janganlah kamu berdebat dengan Ahli
Kitab, melainkan dengan cara yang paling baik,
..." (Al-Qur'an 29:46)

Maksud ayat tersebut adalah bahwa pada saat kita
berbincang-bincang dengan ahli kitab kita harus
melakukannya sesopan mungkin.

Abdullah:
Hmm... Apakah teman-teman kerjamu yang
beragama Nasrani pernah membicarakan Isa
al-Masih kepadamu?

Isma'il:
Ya, kadang-kadang. Pada waktu kami makan siang bersama atau pada saat kami bersantai bersama setelah bekerja, kami mengobrol tentang banyak hal, bukan tentang masalah pekerjaan saja. Di samping itu, tidak salah 'kan kalau kita membicarakan hal-hal ruhaniah.

Abdullah:
Lalu, masalah apa saja yang biasa kamu bicarakan dengan mereka?

Isma'il:
Masalah kehidupan sehari-hari, seperti masalah keluarga dan pekerjaan. Kadang-kadang teman-teman di tempat kerjaku mempunyai masalah dan mereka perlu membicarakannya denganku dan meminta nasihat dariku. Aku selalu berusaha mengarahkan mereka supaya percaya kepada Rahmat dan Karunia Allah serta supaya tidak meragukannya. Aku meminta mereka untuk membaca kitab suci supaya mereka mendapatkan Cahaya dan Petunjuk Allah.

Abdullah:
Apakah mereka menerima nasihatmu?

Isma'il:
Ya, khususnya mereka yang percaya kepada Isa dan mengikuti Isa al-Masih. Allah telah menjanjikan jalan keluar atas permasalahan-permasalahan mereka, dan ini berbeda dengan orang-orang kafir yang tidak menerima janji ini dan tidak punya tempat untuk

meminta pertolongan. Sebagaimana tercantum dalam Al-Qur'an,

"(Ingatlah), ketika Allah berfirman: 'Hai Isa, sesungguhnya Aku akan mewafatkanmu dan mengangkat kamu kepada-Ku serta membersihkan kamu dari orang-orang yang kafir, menjadikan orang-orang yang mengikuti kamu di atas orang-orang kafir hingga hari kiamat. Kemudian hanya kepada Akulah kembalimu, lalu Aku memutuskan di antaramu tentang hal-hal yang selalu kamu berselisih padanya. Adapun orang yang kafir, maka akan Ku-siksa mereka dengan siksa yang sangat keras di dunia dan di akhirat, dan mereka tidak memperoleh penolong.'"

(Al-Qur'an 3:55-56)

Abdullah:
Isma'il, kelihatannya sebentar lagi hujan ya? Mungkin kita harus pulang sebelum kehujanan.

Isma'il:
Ya baiklah, Abdullah. Tapi sebelum kita pulang aku undang kamu ke acara di rumahku kalau kamu ada waktu. Sabtu depan di rumahku akan ada acara.

Abdullah:
Acara apa?

Isma'il:
Acara syukuran adikku. Insya Allah kami ingin mengadakan syukuran karena dia sudah mendapatkan pekerjaan baru.

Abdullah:
Mantap! Alhamdulillah! Kalau begitu, sampai Sabtu depan, ya. Assalamu'alaikum.

Isma'il:
Wa'alaikum salam.

Percakapan Lima
Syukuran

Hari Sabtu berikutnya, Abdullah datang ke rumah saya untuk menghadiri acara tasyakuran bersama adik saya dan beberapa orang temannya. Acara ini diadakan karena adik saya baru saja mendapat pekerjaan baru. Acara tersebut kami adakan di kebun halaman belakang rumah kami. Setelah para tamu pulang, Abdullah dan saya menuju ruang tamu untuk berbincang-bincang.

Isma'il:
Alhamdulillah, adikku sudah mendapat pekerjaan baru. Dia menganggur sebentar saja. Kami berdoa dan tak lama kemudian ia dipanggil untuk diwawancarai dan diterima di tempat pekerjaannya yang baru sekarang ini. Bahkan tempat pekerjaan yang baru ini lebih baik daripada yang sebelumnya. Allah memang baik. Allah penuh rahmat dan pengampunan.

Abdullah:
Kamu selalu berbicara tentang Rahmat Allah. Apakah maksudmu dengan Rahmat Allah?

Isma'il:
Rahmat Allah adalah suatu pemberian yang cuma-cuma dari Allah. Kita tidak harus bekerja

keras untuk mendapatkannya dan membalas kebaikan-Nya. Aku berikan satu contoh ya...

Abdullah:
Ya, silakan...

Isma'il:
Katakanlah aku punya sebuah mobil dan aku meminta kamu untuk mencuci mobilku. Lalu kemudian aku memberimu uang karena kamu sudah mencucinya. Dalam hal ini apakah yang aku berikan itu rahmat?

Abdullah:
Bukan... karena sebelumnya aku mencuci mobilmu, dan karena itu aku layak menerima uang tersebut.

Isma'il:
Lalu, bagaimana seandainya kamu adalah seorang miskin yang sedang membutuhkan uang, lalu aku memberimu sejumlah uang tanpa kamu harus mencuci mobilku... Uang itu aku berikan cuma-cuma, dan kamu tidak harus melakukan apa pun untukku. Menurutmu, apakah yang aku lakukan itu bisa dikatakan sebagai 'rahmat' untukmu?

Abdullah:
Ya... itu rahmat.

Isma'il:
Begini Abdullah, Allah dengan cuma-cuma telah memberikan Isa al-Masih kepada kita sebagai Rahmat-Nya. Hal ini tercantum dalam Al-Qur'an,

"Dan agar dapat kami menjadikannya (Isa) suatu tanda bagi manusia dan sebagai rahmat dari Kami; dan hal itu adalah suatu perkara yang sudah diputuskan." (Al-Qur'an 19:21)

Ayat lain juga menegaskan mengapa kita memerlukan Rahmat Allah. Ayat tersebut berbunyi,

"Sekiranya tidaklah karena karunia Allah dan rahmat-Nya kepada kamu sekalian, niscaya tidak seorang pun dari kamu bersih (dari perbuatan-perbuatan keji dan mungkar itu) selama-lamanya. ..."

(Al-Qur'an 24:21)

Abdullah:
Lalu, bagaimana caranya agar aku bisa memperoleh Rahmat Allah?

Isma'il:
Caranya mudah, percayakanlah imanmu kepada Isa al-Masih, imanilah bahwa beliau adalah Rahmat Allah yang dapat membersihkan dan menyucikan kita.

Abdullah:
Apa maksudmu bahwa aku harus beriman kepada Isa al-Masih sebagai Rahmat Allah?

Isma'il:
Allah ingin supaya kita bertaubat, yaitu mengubah cara pandang kita.

Abdullah:
Maksudmu apa? Mengubah cara pandang kita?

Isma'il:
Artinya, kita tidak boleh percaya lagi bahwa Allah bisa menerima kita dengan modal kekuatan kita sendiri. Sebaliknya, kita harus percaya bahwa hanya karena Rahmat dan Karunia Allah melalui Isa al-Masih sajalah kita dapat diterima di sisi Allah. Hanya dengan cara inilah kita akan dapat mengenal Rahmat, Karunia, dan Pengampunan Allah!

Abdullah:
Subhanallah! Nyatalah sekarang bahwa Allah telah menunjukkan Rahmat dan Karunia-Nya kepadamu dan keluargamu. Ngomong-ngomong, aku senang bahwa adikmu sudah mendapatkan pekerjaan baru. Aku mengucapkan selamat untuk dia.

Isma'il:
Bagaimana pekerjaanmu, Abdullah?

Abdullah:
Alhamdulillah. Aku dapat pekerjaan yang bagus dengan gaji

yang bagus pula. Semuanya baik-baik saja dalam pekerjaanku, dan aku tak kekurangan uang.

Isma'il:
Wah, mantap kalau begitu, Abdullah.

Abdullah:
Tetapi, walaupun semuanya baik-baik saja di pekerjaan dan keluargaku, aku masih saja tetap

merasa kurang puas. Maksudku, semua uang dan barang yang aku miliki tak mampu membuatku bahagia.

Isma'il:
Maksudmu, kamu belum merasa puas atas semua yang kamu miliki?

Abdullah:
Betul. Aku heran, mengapa kamu sudah puas dengan hidupmu, Isma'il? Pekerjaanmu guru, bukan. Kamu pernah katakan kepadaku bahwa gajimu kecil saja. Tapi, kalau aku lihat pancaran wajahmu, aku tahu kamu tenteram, sejahtera, dan bahagia.

Isma'il:
Abdullah temanku, walaupun gajiku kecil, aku tetap bersyukur kepada Allah atas segala sesuatu yang telah diberikan-Nya kepadaku. Di samping itu, tidak ada satu pun di dunia ini yang abadi. Tapi, sebenarnya aku merasa tenteram karena aku percaya kepada Isa, yang adalah sumber kedamaian serta kesejahteraan, dan yang telah memberikan kedamaian serta kesejahteraan itu kepadaku. Isa berkata,

"Dan kesejahteraan semoga dilimpahkan kepadaku, pada hari aku dilahirkan, pada hari aku meninggal dan pada hari aku dibangkitkan hidup kembali." (Al-Qur'an 19:33)

Abdullah:
Sebenarnya aku merasa tak memiliki ketenteraman serta kebahagiaan. Di dalam hatiku, aku merasa hampa.

Isma'il:
Abdullah, ingatkah kamu kisah tentang Isa dan burung-burung yang diciptakannya? Seingatku kita sudah membicarakannya kemarin-kemarin. Kisah itu adalah kisah tentang Isa yang menghidupkan burung dari tanah liat dan menjadikannya burung sungguhan. Dalam Al-Qur'an dinyatakan,

"(Ingatlah), ketika Allah mengatakan: 'Hai Isa putera Maryam, ingatlah ni'mat-Ku kepadamu dan kepada ibumu di waktu Aku menguatkan kamu dengan ruhul qudus. Kamu dapat berbicara dengan manusia di waktu masih dalam buaian dan sesudah dewasa; dan (ingatlah) di waktu Aku mengajar kamu menulis, hikmah, Taurat dan Injil, dan (ingatlah pula) di waktu kamu membentuk dari tanah (suatu bentuk) yang berupa burung dengan izin-Ku, kemudian kamu meniup padanya, lalu bentuk itu menjadi burung (yang sebenarnya) dengan seizin-Ku. Dan (ingatlah), waktu kamu menyembuhkan orang yang buta sejak dalam kandungan ibu dan orang yang berpenyakit sopak dengan seizin-Ku, dan (ingatlah) di waktu kamu mengeluarkan orang mati dari kubur (menjadi hidup) dengan seizin-Ku, dan (ingatlah) di waktu Aku menghalangi Bani Israil (dari keinginan mereka membunuh kamu) di kala kamu mengemukakan kepada mereka keterangan-keterangan yang nyata, lalu orang-orang kafir di antara mereka berkata: 'Ini tidak lain melainkan sihir yang nyata.'"
(Al-Qur'an 5:110)

Dalam Al-Qur'an juga tercantum bahwa Allah mengutus Isa,

"Dan (sebagai) Rasul kepada Bani Israel (yang berkata kepada mereka): 'Sesungguhnya aku telah datang kepadamu dengan membawa sesuatu tanda (mukjizat) dari Tuhanmu, yaitu aku membuat untuk kamu dari tanah berbentuk burung; kemudian aku meniupnya, maka ia menjadi seekor burung dengan seizin Allah; dan aku menyembuhkan orang yang buta sejak lahirnya dan orang yang berpenyakit sopak; dan aku menghidupkan orang mati dengan seizin Allah; dan aku kabarkan kepadamu apa yang kamu makan dan apa yang kamu simpan di rumahmu. Sesungguhnya pada yang demikian itu adalah suatu tanda (kebenaran kerasulanku) bagimu, jika kamu sungguh-sungguh beriman.'" (Al-Qur'an 3:49)

Abdullah:
Ya, aku ingat kisah itu. Itu kisah yang mengagumkan!

Isma'il:
Coba lihat apa yang bisa Isa lakukan. Beliau mampu membuat burung dari tanah liat, kemudian dengan kuasanya beliau menjadikan burung itu hidup. Bukan hanya itu saja. Beliau pun bahkan mempunyai kuasa untuk membangkitkan dan menghidupkan orang mati. Allah telah memberikan kuasa kepada Isa untuk menghidupkan burung, dan membangkitkan serta menghidupkan orang mati. Artinya, Isa tidak hanya memiliki kuasa untuk memberikan hidup secara jasmaniah, tetapi juga

memiliki kuasa untuk memberi hidup secara ruhaniah. Itulah sebabnya mengapa aku percaya kepada Isa sebagai Dzat yang Maha Menghidupkan. Beliau telah membuat aku hidup secara ruhaniah.

Abdullah:
Isma'il, sesungguhnya selama ini aku merenungkan semua yang kamu katakan kepadaku mengenai Isa al-Masih, tetapi aku masih punya banyak pertanyaan. Menurutmu, mengapa kita harus percaya kepada Isa al-Masih dan mengikuti dia?

Isma'il:
Kalau kamu punya waktu sekarang, kita bisa lihat ayat-ayat Al-Qur'an dan mempelajari apa yang diajarkannya mengenai hal itu. Kukira kita sudah mempelajari ayat-ayat ini sebelumnya.

Abdullah:
Ya, tentu aku ada waktu.

Isma'il:
Aku punya beberapa Al-Qur'an terjemahan di sini. Kita bisa membaca ayat-ayat ini bersama-sama, kemudian aku akan menjelaskan maksud dari ayat-ayat tersebut kepadamu.

Dalam Surah 20:121 tertulis:

"Maka keduanya memakan dari buah pohon itu, lalu nampaklah bagi keduanya aurat-auratnya dan mulailah keduanya menutupinya dengan daun-daun (yang ada di) surga, dan durhakalah Adam kepada Tuhan dan sesatlah ia."

Ayat ini menyatakan bahwa nenek moyang kita, yaitu Nabi Adam as dan Siti Hawa, telah berbuat dosa dengan melanggar perintah Allah.

Dalam Surah 33:72 tertulis:

"Sesungguhnya Kami telah mengemukakan amanat kepada langit, bumi dan gunung-gunung, maka semuanya enggan untuk memikul amanat itu dan mereka khawatir akan mengkhianatinya, dan dipikullah amanat itu oleh manusia. Sesungguhnya manusia itu amat lalim (penuh dosa) dan amat bodoh."

Ayat ini menyatakan bahwa setiap manusia adalah mahkluk yang penuh dosa. Maksudnya adalah semua manusia, bukan hanya beberapa manusia saja. Kita sudah membuktikan bahwa kita adalah mahkluk yang tidak bertanggung jawab dan tidak layak dipercayai oleh Allah.

Dalam Surah 20:74 tertulis:

"Sesungguhnya barang siapa datang kepada Tuhannya dalam keadaan berdosa, maka sesungguhnya baginya neraka Jahanam. Ia tidak mati di dalamnya dan tidak (pula) hidup."

Ayat ini menunjukkan bahwa Allah Mahasuci. Kita tidak dapat diterima di sisi-Nya selagi kita berdosa. Karena dosa-dosa kita, kita akan dilemparkan ke dalam neraka Jahanam dan kekal di dalamnya.

Dalam Surah 5:95 tertulis:

"Hai orang-orang yang beriman, janganlah kamu membunuh binatang buruan, ketika kamu sedang ihram. Barangsiapa di antara kamu membunuhnya dengan sengaja, maka dendanya ialah mengganti dengan binatang ternak seimbang dengan buruan yang dibunuhnya, menurut putusan dua orang yang adil di antara kamu, sebagai hadiah yang dibawa sampai ke Ka'bah, atau (dendanya) membayar kaffarat dengan memberi makan orang-orang miskin, atau berpuasa seimbang dengan makanan yang dikeluarkan itu, supaya dia merasakan akibat yang buruk dari perbuatannya. Allah telah mema'afkan apa yang telah lalu. Dan barangsiapa yang kembali mengerjakannya, niscaya Allah akan menyiksanya. Allah Maha Kuasa lagi mempunyai (kekuasaan untuk) menyiksa."

Ayat ini menjelaskan bahwa kalau kita berbuat dosa, baik itu dosa kecil maupun besar, maka kita akan menerima hukumannya. Dan sesungguhnya dosa-dosa akan diganjar dengan hukuman dan siksaan yang setimpal dengan perbuatan dosa-dosa kita. Kita terus berbuat dosa. Lalu, kalau kita terus melakukan perbuatan dosa, pada akhirnya berapa besarkah jumlah dosa-dosa kita?

Dalam Surah 5:27 tertulis:

"Ceritakanlah kepada mereka kisah kedua putra Adam (Habil dan Kabil) menurut yang sebenarnya, ketika keduanya mempersembahkan kurban, maka diterima dari salah seorang dari mereka berdua

(Habil) dan tidak diterima dari yang lain (Kabil): 'Aku pasti membunuhmu!' Berkata Habil: 'Sesungguhnya Allah hanya menerima (kurban) dari orang-orang yang bertakwa.'"

Dan dalam Surah 22:37 tertulis:

"Daging-daging unta dan darahnya itu sekali-kali tidak dapat mencapai (keridaan) Allah, tetapi ketakwaan dari kamulah yang dapat mencapainya. Demikianlah Allah telah menundukkannya untuk kamu supaya kamu mengagungkan Allah terhadap hidayah-Nya kepada kamu."

Kedua ayat ini menunjukkan bahwa manusia berusaha mendapatkan ridlo Allah dengan cara mengurbankan hewan, karena mereka percaya daging dan darah hewan kurban tersebut dapat membuat mereka diterima di hadirat Allah. Tetapi, Al-Qur'an menyatakan semua itu sia-sia di hadapan

Allah. Memang manusia berusaha memberikan kurban kepada Allah, tetapi Allah hanya menerima kurban dari manusia yang bertakwa. Namun, bagaimana mungkin manusia bertakwa sedangkan kita tahu semua manusia berbuat dosa.

Dalam Surah 74:56 tertulis:

"Dan mereka tidak akan mengambil pelajaran daripadanya kecuali

(jika) Allah menghendakinya. Dia (Allah) adalah Tuhan Yang patut (kita) bertakwa kepada-Nya dan berhak memberi ampun."

Ayat ini menyatakan bahwa kita tidak bisa membuat diri kita bertakwa. Allah sajalah sumber takwa, dan Allah sajalah yang dapat membuat manusia bertakwa, dan kita pun tidak bisa mencapai takwa kita dengan beramal sholeh dan berkurban.

Dalam Surah 5:33 tertulis:

"Sesungguhnya pembalasan terhadap orang-orang yang memerangi Allah dan Rasul-Nya dan membuat kerusakan di muka bumi, hanyalah mereka dibunuh atau disalib, atau dipotong tangan dan kaki mereka dengan bertimbal balik, atau dibuang dari negeri (tempat kediamannya). Yang demikian itu (sebagai) suatu penghinaan untuk mereka di dunia, dan di akhirat mereka beroleh siksaan yang besar."

Ayat ini menjelaskan bahwa siksaan untuk mereka yang berbuat dosa adalah sebagai berikut: mereka harus dibunuh, disalibkan, dipotong tangan dan kakinya dengan bertimbal balik, atau dibuang ke luar dari negeri mereka. Mereka akan mendapatkan suatu penghinaan di dunia, dan di akhirat mereka akan disiksa dengan lebih kejam.

Nah Abdullah, setelah kamu membaca ayat-ayat tadi, apakah menurutmu kita dapat lepas dari siksaan Allah?

Abdullah:
Setelah melihat semua ayat tentang siksaan Allah untuk orang-orang yang berbuat dosa, menurutku kita tak mungkin terluput dari siksaan Allah.

Isma'il:
Mengapa?

Abdullah:
Karena pada waktu aku merenungkan semuanya, aku menyadari bahwa tak ada seorang pun yang sempurna. Kita semua bisa membuat kesalahan sewaktu-waktu, lagipula tak ada seorang manusia pun yang suci.

Isma'il:
Kalau begitu, kita layak mendapat siksaan dan dihukum oleh Allah, bukan?

Abdullah:
Ya, kukira begitu. Tapi apa alasanmu kamu memberitahuku semua hal ini?

Isma'il:
Aku memberitahukan semua ini kepadamu karena aku ingin kamu merenungkan dengan sungguh-sungguh betapa mengerikannya akibat dari dosa-dosa yang kita lakukan. Bisakah kamu bayangkan apa jenis siksaan yang akan kita terima karena perbuatan dosa kita?

Abdullah:
Aku tak mau membayangkannya, terlalu mengerikan.

Isma'il:
Kalau begitu Abdullah, bagaimana kalau kamu membacakan ayat-ayat Al-Qur'an yang ada di depanmu itu untukku.

Abdullah:
Aku tak mau.

Isma'il:
Kalau begitu, berarti kamu tidak mau mendapat siksaan, bukan?

Abdullah:
Tentu saja, tidak!

Isma'il:
Aku juga tidak mau. Aku yakin tidak seorang pun mau mengalami siksaan yang begitu mengerikan itu.

Abdullah:
Aku sungguh berharap mudah-mudahan semua itu tak terjadi kepadaku...

Isma'il:
Maaf Abdullah, tapi semua itu akan terjadi atas semua orang yang berbuat dosa.

Abdullah:
Tapi Allah Maha Pengampun, bukan?

Isma'il:
Ya, tapi Allah juga Mahaadil. Setiap orang yang berbuat dosa akan dihukum-Nya.

Abdullah:
Tapi, Allah bukankah Maha Pengasih dan Penyayang.

Isma'il:
Ya, memang betul sekali, Abdullah. Karena itulah Allah menyediakan Jalan untuk kita supaya kita selamat dari siksa neraka Jahanam.

Abdullah:
Bagaimana caranya?

Isma'il:
Mari kita lihat Surah 5:33 sekali lagi. Aku akan membaca dari Al-Qur'an yang ada di depanku sekarang.

"Sesungguhnya pembalasan terhadap orang-orang yang memerangi Allah dan Rasul-Nya dan membuat kerusakan di muka bumi, hanyalah mereka dibunuh atau disalib, atau dipotong tangan dan kaki mereka dengan bertimbal balik, atau dibuang dari negeri (tempat kediamannya). Yang demikian itu (sebagai) suatu penghinaan untuk mereka di dunia, dan di akhirat mereka beroleh siksaan yang besar."

Tolong pikirkan baik-baik siksaan ini: dibunuh atau disalib, atau dipotong tangan dan kaki mereka dengan bertimbal balik, atau dibuang dari negeri (tempat kediamannya). Yang demikian itu (sebagai) suatu penghinaan untuk mereka di dunia, dan di akhirat mereka beroleh siksaan yang besar.

Nah Abdullah, renungkanlah hal ini... Bagaimana seandainya Allah datang kepadamu dan mengatakan,

"Abdullah, Aku Mahaadil, sebab itu Aku harus menyiksamu karena kamu telah berbuat dosa, tetapi sebaliknya Aku juga begitu menyayangimu. Nah, karena Aku Maha Pengasih dan Penyayang, Aku tidak ingin kamu harus mengalami siksaan. Aku telah menyediakan bagimu suatu Jalan untuk menyelamatkanmu dari siksaan yang amat pedih. Terimalah Jalan dari-Ku ini sebagai karunia yang Kuberikan secara cuma-cuma. Inilah Rahmat-Ku untukmu. Aku memiliki "seseorang" yang rela menjalani siksaan, yang seharusnya kamu terima. Dia lahir dari Ruhul Qudus. Dia adalah Firman-Ku. Dia adalah Rahmat dari-Ku. Dia Suci. Dia rela dibunuh demi kamu. Dia disalibkan demi kamu. Kaki dan tangannya terluka sebagai ganti siksaan yang seharusnya kamu terima. Aku telah membangkitkan dia dari kematian supaya kamu mampu mengalami kemenangan atas kematian dan kamu dapat hidup di Taman Firdaus. Dan dia akan menolongmu di dunia ini serta di akhirat karena Aku telah menjadikan dia sebagai pribadi yang terkemuka di dunia dan di akhirat. Dan kalau kamu rela menerima dia sebagai penanggung hukuman dan siksaanmu, maka kamu tidak akan dihukum pada Hari Kiamat nanti."

Nah, Abdullah... Allah adil, bukan?

Abdullah: Ya...

Isma'il:
Jadi, seandainya Allah menawarkan kepadamu "seseorang" seperti tadi, maukah kamu menerima tawaran Allah?

Abdullah:
Sudah tentu aku akan menerima tawaran-Nya. Bodoh sekali kalau aku menolak "seseorang" yang dengan rela menawarkan dirinya untuk disiksa demi aku... apabila Allah memberiku "seseorang" yang rela disiksa demi aku. Aku akan bersujud di hadapan Allah dan mengucap syukur atas Kemurahan-Nya dengan memberikan "seseorang" yang rela disiksa demi dosa-dosaku.

Isma'il:
Ini semua bukan hanya omong-kosong belaka, Abdullah...

Allah sungguh-sungguh menyayangi kita! Dia telah mengutus Isa al-Masih untuk menanggung hukuman dan siksaan yang seharusnya kita terima. Apabila kita percaya bahwa Isa adalah kurban agung yang telah disediakan Allah untuk menyelamatkan kita, maka kita tidak akan dimasukkan dan disiksa di dalam neraka Jahanam. Isa telah dibunuh, disalib, tangan dan kakinya terluka. Beliau rela menerima semua perlakuan itu demi menanggung semua siksaan dan hukuman yang semestinya kita terima.

Dalam Surah 3:55 tertulis bahwa Allah telah mewafatkan Isa al-Masih dan membangkitkannya kembali, serta kemudian mengangkat Isa ke sisi-Nya. Dan oleh karena hal ini, maka Allah pun berjanji untuk meninggikan derajat para pengikut Isa jauh di atas orang-orang kafir.

"(Ingatlah), tatkala Allah berfirman: 'Hai Isa, sesungguhnya Aku akan mewafatkanmu, dan mengangkatmu kepada-Ku dan menyucikanmu dari orang-orang yang kafir, dan menjadikan orang-orang yang mengikutimu di atas mereka yang kafir hingga hari kiamat'" (Al-Qur'an 3:55)

Nah, Abdullah, apabila kita percaya kepada Isa al-Masih dan mengikuti beliau, maka kita pun akan mendapat derajat yang tinggi, dan hidup di Taman Firdaus.

Abdullah:
Dulu aku selalu mengira bahwa dengan beramal sholeh dan menjadi orang yang baik aku akan diterima di sisi Allah. Dan aku selalu berharap bahwa Allah akan memasukkanku ke dalam surga. Tapi sekarang kamu mengatakan kepadaku bahwa hanya karena Rahmat dan Karunia Allah sajalah, yaitu dengan mempercayai dan mengikuti Isa al-Masih, maka aku akan diterima oleh Allah. Kalau begitu, bagaimana caranya kalau aku mau menerima Rahmat dan Karunia Allah tersebut?

Isma'il:
Maukah kamu memanjatkan doa kepada Allah sekarang dan berkata bahwa kamu mau percaya kepada Isa al-Masih?

Abdullah:
Aku tak tahu bagaimana caranya...

Isma'il:
Bagaimana kalau aku memanjatkan doa untuk kita?

Abdullah:
Oh ya, silakan. Terima kasih, Isma'il.

Isma'il:
Bismillaahir rahmaanir rahiim. Alhamdulillah, aku mengucap syukur kepada-Mu yang sebesar-besarnya, ya Allah, karena Nabi Muhammad yang Engkau utus sebagai pemberi peringatan, telah datang kepadaku mengingatkan aku akan siksa neraka yang pedih untuk setiap orang yang berbuat dosa. Aku juga ingin mengucapkan syukur kepada-Mu, ya Allah, karena Engkau telah menunjukkan kepadaku Karunia dan Rahmat-Mu dengan cara mengutus Isa al-Masih untuk menanggung siksaan yang seharusnya aku alami akibat dosa-dosaku. Dan aku mengucapkan syukur kepada-Mu, ya Allah, karena Engkau telah membangkitkan Isa dari kematian dan mengangkatnya ke sisi-Mu di akhirat. Amin, ya robbal 'alamin.

Sejak saat itu, saya dan Abdullah terus bertemu untuk berbincang-bincang masalah ruhaniah dan juga untuk berdoa bersama-sama.

Penutup

"Sesungguhnya pembalasan terhadap orang-orang yang memerangi Allah dan Rasul-Nya dan membuat kerusakan di muka bumi, hanyalah mereka dibunuh atau disalib, atau dipotong tangan dan kaki mereka dengan bertimbal balik, atau dibuang dari negeri (tempat kediamannya). Yang demikian itu (sebagai) suatu penghinaan untuk mereka di dunia, dan di akhirat mereka beroleh siksaan yang besar." (Al-Qur'an 5:33)

"Kecuali orang-orang yang tobat (di antara mereka) sebelum kamu dapat menguasai (menangkap) mereka; maka ketahuilah bahwasanya Allah Maha Pengampun lagi Maha Penyayang." (Al-Qur'an 5:34)

Alhamdulillah! Kami mengucapkan syukur kepada Allah karena Allah telah mengampuni dosa-dosa kami walaupun kami masih berada di dunia. Audzubillahi min dzalik. Betapa mengerikannya seandainya kami mati sebelum kami mengenal Rahmat dan Karunia Allah yang ada di dalam Isa al-Masih.

Alhamdulillah, kami mengucapkan syukur kepada Allah karena Dia telah memberikan petunjuk, yaitu bahwa hanya melalui Rahmat dan Karunia Allah yang ada di dalam Isaal-Masih sajalah, maka dosa-dosa kami diampuni dan kami masuk surga.

Alhamdulillah, kami mengucapkan syukur kepada Allah sebab Dia telah membuka hati kami sehingga kami mengenal Jalan Yang Lurus, yaitu Rahmat dan Karunia-Nya melalui Isa al-Masih yang telah rela untuk dibunuh dan disalib serta dilukai tangan dan kakinya demi menanggung hukuman/siksaan yang seharusnya kami tanggung di dunia ini dan di akhirat kelak.

"Saya berdoa mudah-mudahan Anda sekalian memperoleh ketenteraman dan kesejahteraan setelah Anda membaca buku ini."

Semoga Allah membuka hati Anda
sehingga Anda mengenal

Rahmat dan Karunia-Nya.

Amin

Assalamua'laikum wa rohmatullahi
wabarakatu

www.ingramcontent.com/pod-product-compliance
Lightning Source LLC
Chambersburg PA
CBHW020402130626
46549CB00006B/2405